ヘタな人生論より枕草子

荻野文子

河出書房新社

ただ過ぎに過ぐるもの
帆をかけたる舟。人の齢。春、夏、秋、冬。

疲弊の世を「美しく優雅に生きる」ために――まえがき

一体いつの間に「人生」を語るような年齢になったのか、ただ過ぎゆくものは歳月である。

思えば、私は、「日本」という国と、歩みをひとつにして生きてきた。

戦後の貧困から立ち上がりかけたころに生まれ、高度成長とともにすくすくと育ち、世界に冠たる経済大国の誇りを胸に自我を確立した。希望に満ちた思春期だった。

夢を追い、無我夢中で走り続けた長い道のりは、気づくと折り返しを過ぎ、時を同じくして、晴れやかな「この国」の青春も、輝きを失いかけていた。

そのなかで、いま、私は立ちすくんでいる。

だれもが明日を信じて、今日を精一杯生きていた、あの懐かしい時代はどこに消えたのか。大人も子どもも、礼儀正しく、地道に努力し、「してよいこと」と「してはならぬこと」の境界をわきまえていたはずだった。その美しい「調和」が、こんなにも脆く崩れ去るとは、だれが想像しただろう。社会が疲弊すると、人は慎みを忘れ、恥を失う。日々、目にし耳にする当たり前の日常が、かつてなく殺伐としていくのを、ただ呆然と見つめるばかりである。

そんな暗澹たる気分を慰めたくて、久しぶりに『枕草子』を読み通してみた。湿りがちな平安文学にはめずらしく、明るく楽しい古典作品である。

いまから約一千年前の昔、時は一条天皇の御代のこと。関白藤原道隆と、その娘である中宮定子が、天皇のご寵愛を得て、華々しい栄華の日々を過ごしていたころ、この才気煥発の中宮に女房としてお仕えしたのが、作者清少納言だった。

『源氏物語』が簾の内の悩み多き「個の世界」を書いたのに対し、『枕草子』は簾の外の華やかな「社交界」を描いたとして、ふたつの作品は、平安女流文学の双璧と並び称せられてきた。

だが、一方で、『枕草子』は、単独では、その文学性をどうも見下げられてきた感がある。

多くの章段が気ままに並べられているだけで、作品としての方向性が感じられないからであろう。そのせいで、特に男性読者からは、「単なる女のおしゃべり」との酷評を受けてきた。

確かに、ひとつひとつの章段は、バラバラに見える。文学史で「随筆」と教わったせいで、一冊の単行本として見てしまうからだ。だが、実際は、書いては見せ、書いては見せというふうに、小出しにする形で書かれたものらしい。

つまり、「雑誌」の総集編と考えると、なるほど、じつに現代的なつくりになっていて、三百二十近い章段は、大きく四つのジャンルで構成されている。

ひとつは、「寺は」「山は」などの〝ベストランキング〟的な章段。いまひとつは、「はしたなきもの」「あさましきもの」など、「ものづくし」と呼ばれる〝テーマ別コラム〟。さらには、宮中の日常を、「人物」を中心に描いた〝いま話題の人〟とでもいうべき長編記事。そして、内容や形式に囚われない〝雑記〟的な章段である。

これらは約八十段ずつあるが、ごちゃごちゃと入り混じった形で収められ、整理されていない。月刊誌のなかに、いろいろな要素が旬のコーナーとして盛り込まれるのと同じ発想なのだ。

清少納言は、この時代にはめずらしく、自由闊達で旺盛な好奇心の持ち主だった。生活や仕事や人間関係の瞬間的な一面を切り取って、その美醜に鋭く切り込み、読者にライフスタイルを提供する視点は、作家というよりも、ジャーナリストのそれに近い。

すなわち、職業人としての気働きのあり方、人間関係の距離の取り方、人を怒らせない会話のセンス、美しい身のふるまい、服装や調度品の趣味のよさ、果ては男女の恋愛作法に至るまで、「美」を追求してやまなかった清少納言に、現代人が学ぶものは多いのである。

もし、一千年の時空を超えて、平安の昔から平成のいまに彼女を連れて来たら、この惨憺たる今日の社会をどんなふうに斬るだろうか。それが、本書を書く動機となり、「〜もの」で始まる「ものづくし」のテーマを借りて、私の目を通して見た現代人の心の有様を、『枕草子』ふうに論じてみた。

また、宮廷社会という緊張を強いられる場に生きた「実在の人物たちの逸話」を通して、ストレス社会をタフに生きる、心の柔軟性も見据えたかった。

作品があまりに軽妙洒脱な印象なので、清少納言は「浅慮の楽天家」と思われがちであるが、じつは、このとき、彼女は絶望の淵にいた。栄華を極めた中宮一族が、新たな政治勢力に追い落とされ、自身もその渦中で、絶えず孤独な選択を迫られていたのである。

『枕草子』には描かれなかった事実を、同時代のほかの書物から掬い取ると、彼女の「真実の姿」が見えてくる。つまり、『枕草子』のあの異様なまでの明るさは、作者が、「歴史の闇」を覆い隠すために、意図して生じさせた「光の乱反射」だったのである。

涙ぐましい努力によって、貫かれた笑顔の日々。それが、清少納言の「美学」だったのだろう。忌むべきものは、「みっともないこと」「みにくいこと」「みじめなこと」で、どれほど酷い現実を前にしても、彼女は「優雅」のなんたるかを忘れなかった。

その凛とした姿勢は、閉塞感のなかで身をすくめて蹲る現代人に、のびやかな精神を与えてくれる。どのような局面にあっても、輝く光を放つものは、われわれの「心」である。『枕草子』の清々しい空気を胸いっぱいに吸い込んで、明日の英気としていただけたら幸いである。

荻野文子

清少納言を中心とした人物関係図

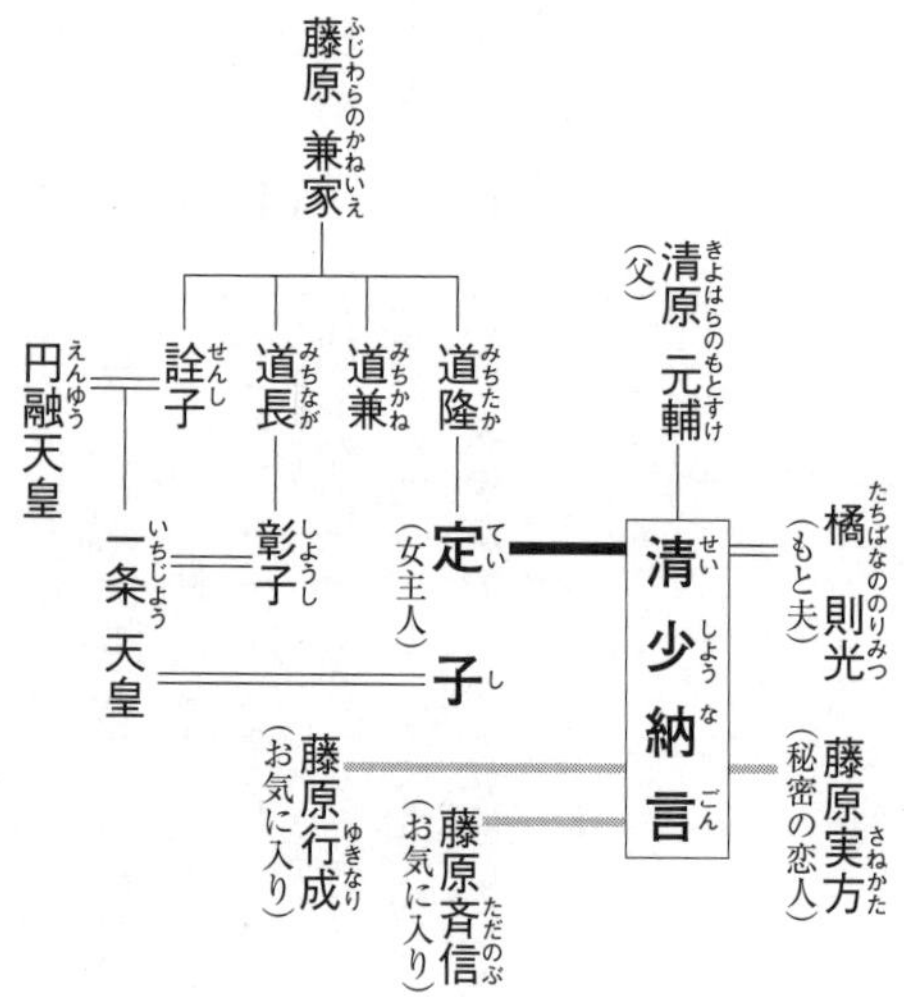

（注１）…（　）内は清少納言との関係を表す
（注２）…『枕草子』は一条天皇在位時の随筆
（注３）…人物名は、系図・本文ともに原則として訓読みとし、
一般に音読みで定着している場合のみ例外とした

ヘタな人生論より枕草子／もくじ

一章 省(かえり)みる――いるいる"幼稚な"人…でも、本当に彼らを笑えますか

二章 躾(しつ)ける――"行儀わるい"ふるまいに慣れてしまっていませんか

五章 修(おさ)める——〝余裕がない〟ために生き方が浅くなっていませんか

挿絵＊樋口太郎

一章

省(かえり)みる

いるいる〝幼稚な〟人……
でも、本当に彼らを笑えますか

悪意のない無作法ほど、人をイラつかせるものはない。映画館で無邪気なひとり言を呟(つぶや)く(ごと)オジサン、TPOを無視した格好をする若者、夫のメールを盗み読む妻……これらのふるまいの背後には、公私の区別が希薄(きはく)になったことがある。真に品のある人は、昔もいまも多くなかったようだ。清少納言の筆は、〝善良〟であるはずのふつうの人々が、時に露(あら)わにする「みっともなさ」を的確に捉(とら)え、観察していた。

TARO

にくきもの

「だらしなさ」と「おおらかさ」は違う

◆しゃくに障るもの

古語の「にくし」には、現代語で言うほどの強い憎悪の意味はない。「しゃくに障る」「気に入らない」という感じだろうか。

しゃくに障るもの◆急ぎの用事があるときに来て、長話をする客。……火鉢やいろりなどに手のひらを何度も裏返し、しわを押しのばしなどして、あぶる者。若々しい人などが、いつ、そんなはしたないことをしただろうか。みっともなく年を取った人ほど、火鉢のふちに足までかけて、しゃべりながら足を押しさすりなどもするようだ。そのような無作法な者は、人の家にやって来ても、自分の座ろうとする場所を、まず扇であおいで埃を掃い、そのくせばたばたして座が定まらず、狩衣の前垂れを膝の下に巻き込んで座ったりすることとよ。

＊狩衣＝貴族男子の平服。帯から下の前垂れは、座るときには向こうに出しておくのが作法だった

いずれも繊細な配慮に欠ける行為であるが、ひとつひとつは目くじらを立てるほどのことではない。これしきのことで文句を言えば角が立つし、逆に、こちらが器量の狭い人間と思われかねない。その程度の微妙な厚かましさを「にくきもの」としたあたりは、さすが観察鋭い清少納言である。言うに言えない些細なことだからこそ、無性にイラッとするのだ。

私にも覚えがある。たとえば、映画館でのこと。手に汗握るサスペンスだったのだが、ストーリーが意外な展開を見せるたびに、隣席の見知らぬ男性がいちいち反応する。「そっかぁ、アイツだな?!」「えぇっ、コイツかぁ?」などと自分の推理を呟くのである。

大きな声なら真っ向から注意もできるが、聞こえるか聞こえないかの小声というのが、なんとも始末が悪い。しかたなく、わずかにこれ見よがしのため息で対抗してみるが、相手はいっこうに気づかない。まさに消耗戦で、私の神経はヘトヘトになった。もはや映画どころではない。

じつは、昨日も、バレエ公演で嫌な思いをした。こちらは「声」ではなく、「頭」だ。十列目の中央、苦労して取ったS席だった。ところが、踊りが見せ場に入るたびに、前席の女性が夢中になって身を乗り出す。そのせいで、トウシューズの足さばきがまったく見えないのだ。

私は、無理な体勢を我慢して、腰を横にくねらせた。かろうじてバレリーナの全身を視野に捉えた、次の瞬間である。今度は音楽に合わせて体を左右に揺らし始めた。それに従って、私も逆へ逆へと頭を振るしかない。だが、想像していただきたい。私が動けば、その一列は次々と段階的に頭の位置をずらすことになり、上半身がChoo Choo TRAIN状態になるのである。犠牲になるのは、私ひとりでじゅうぶんだ。

他愛もない、と言われたらそのとおり。いずれのケースも、彼らに悪意のかけらもない。むしろ、邪気のない「いい人」なのだろうと思う。このような「無遠慮な善人」は、どういうわけか、中高年に多い。いい年の大人に向かって、人前で恥をかかせるのもどうかと気が引けて、こちらはますますストレスを溜め込むことになるのだ。

冒頭に抜き書きした『枕草子』の「にくきもの」にも、行儀の悪い年配者のさまが描かれている。清少納言の言うとおり、「手のひらをあぶりさする」のも「火鉢に足をかける」のも、若い人はあまりしない。それは、なぜなのか。

正直に言おう。人は年を取ると横着になるのだ。「横着」という言葉を使ったのは、人目を気にする体力や気力を失ってラクなほうを選ぶようになる、という意味だ。

若いときには、「手足の冷え」よりも「人にどう見られるか」の美意識が優先される。だから、真冬にも、平気でミニスカートを穿き、流行とあらばヘソ出しルックだってお構いなしだ。ところが、年を取ると血管の収縮が悪くなり、冷えは我慢できないものになる。「手足を温める」ためには、「美意識」などという七面倒なものは捨てざるをえなくなるのだ。

オバちゃんが、座席のわずかな隙間にもデカ尻を押し込むのは、メタボ体型を支える脚力を失ったからであり、男子便所に平気で入るのは、トイレが近くなって行列を待てなくなったからである。オッちゃんが、酔ってベンチに寝汚く横たわるのは、めっきり酒に弱くなったためであり、おしぼりで顔や首をゴシゴシ拭くのは、皮脂が浮く年齢になったせいなのだ。

みっともないことは本人もわかっている。葛藤がないわけではない。が、ある日、「まあ、いいか」と手を放す瞬間が訪れるのだ。ひとたび妥協を許した美意識は、そこから、雪崩を打って崩れ落ち、いつのまにか羞恥心そのものを呑み込んでしまう。そうして、もはや体力・気力に関わりなく、なにごとにも無頓着になっていくのである。

本当は、年を取っても美しくあろうとがんばってほしい。私も、若いときには、「中年って、いやぁね」とあからさまな蔑視を向けていた。だが、自分もそういう年齢に達し、肉体が精神に追いつかなくなるつらさがわかると、多少のことはご愛嬌だと見過ごせるようになった。

思い返せば、昭和の中ごろ。ちょうど、映画『Always三丁目の夕日』に出てきたような風景を想像していただきたい。夏の夕方など、ステテコに腹巻姿のオッちゃんや、スリップ(当時はシュミーズと言った)に前掛けだけのおばあさんが、平気で道を往来していたものだ。年寄りとはそうしたものだと当たり前に思っていて、だれも見咎めもしない。恥ずかしい格好と言えばそうなのだが、そのおおらかさはいまとなってはむしろ恋しい限りである。

「だらしなさ」と「おおらかさ」の境目は、どこにあるのか。それは、「場」の性格にある。いわゆる「公」と「私」の区別であるが、同じ場所でも、場を構成する人々がどう認識しているかによって変わってくる。

私が子どものころは、地域は人々のつながりが深く、大きなひとつの家族のように助け合って暮らしていた。車もまばらな表通りは、「公共の道路」というよりも、「みんなの庭」という意味合いが強かった。家族や近隣だけしかいない「私生活の場」では、ステテコもシュミーズも「安心感の表れ」としてほほえましく映る。だが、絆が薄くなったいまは、同じ通りも「公共の場」として認識され、同じ行為も「育ちの悪さ」と嫌悪されることだろう。

先の「ひとり言(ごと)を呟く男性」も、「体を揺らす女性」も、家族や友人と家でテレビを観ているのなら、邪気のない愛すべき人たちだ。だが、見ず知らずの他人が集まる映画館やホールという公共の場では、その「無邪気」は「無神経」に転じることを自覚してもらいたい。

清少納言がこの章段で描(えが)いた世界は「宮廷(きゅうてい)社会」、つまり、貴族としての誇り高い儀礼が要求される社交界である。「火鉢で手のひらを裏返す」のも、わが家でおばあちゃんがしたなら、人生を丸めて慈(いつく)しむようで愛らしいが、仮に、それがパーティ会場だとすると、いじましい感じがするのは否(いな)めない。まして、「火鉢のふちに足をかける」など、以(も)っての外(ほか)である。

「公」の場では、だれもがスマートなふるまいを心がけ、「私」の場では、年齢に応じて、多少のルーズさは大目に見る。その緩急(かんきゅう)の呼吸があってこそ、生きやすい社会は保たれる。

現代は、「公私」の区別が希薄(きはく)になって、ふたつの意味で生きづらくなった。本来なら笑って許せるはずの「私」の場でも、ヒステリックに文句を言う怪物(モンスター)が出てきて、昭和のような和(なご)やかな人づき合いが難しい。その一方で、配慮が必要な「公」の場にもかかわらず、家にいるのと変わらぬ傍若無人(ぼうじゃくぶじん)ぶりで、中高年のみならず、若者にも迷惑な輩が増殖している。

都会の電車のなかは、いまや信じられない光景が日常的に繰り広げられていて、女子高生がミニスカートで床にペタリと座り込んでいるかと思えば、塾通いの小学生が手をベトつかせてハンバーガーやアイスクリームを頬張っている。大音量の音楽がイヤホンからシャカシャカと漏れ聞こえるのは茶飯事で、エロ雑誌を広げるサラリーマンや、ゲームに夢中の大学生、果ては化粧を始めるOLなど、わけのわからない雑多な人種がたくさん乗り込んでいる。

どんな親に育てられたのだろう、昔なら「親の顔を見てみたい」と言えば説教が効いたものだが、いまどきは親も行儀がなっていないから、「親の親」にまで代を遡らないとまっとうな人間性に訴えることはできないのかもしれない。教育現場でも、学級崩壊に教師が音を上げているという。「場をわきまえる」という基本的な躾は、いつだれがどこで行なうのだろう。

と思っていたら、先日、電車のなかで、仰天の吊り広告を目にした。携帯・音楽・食事・化粧などのイラストに×印を施し、「ここはあなたの部屋ではありません！」との注意書きがデカデカと配置されている。なんと、広報でモラルを教える時代になったのだ。

政治家ですら、醜（みにく）いヤジ合戦を「議会崩壊」などとマスコミに揶揄（やゆ）される昨今だ。いっそ、議事堂にも「国会は学級会ではない！」というポスターを貼ってはどうだろう。議員や大臣のセンセイまでもが「にくきもの」に列挙されるようでは、この国の教育の先行きは危（あや）うい。

ありがたきもの　◆めったにないもの

「常識だろ」は、もはや通用しない

現代語の「ありがとう」とは違って、「有り難（がた）し」の語源のとおり、存在の少ないことを意味する。めったにない稀少（きしょう）価値は、いまも昔も、うるわしい人間関係である。

めったにないもの◆　舅（しゅうと）にほめられる婿（むこ）。また、姑（しゅうとめ）にかわいがられるお嫁さん。……主人の悪口を言わない従者（ずさ）。まったく癖（くせ）や欠点がなくて、容貌、性格、態度もすぐれていて、世間に交わるときに、少しの非難も受けない人。……使いよい従者。

教科書にも載る有名な章段だが、嫁姑問題は、いまや完全に主客が転倒し、めったにないものは「嫁に感謝される姑」というところだろう。婿と舅の関係は希薄なのか、互いに「ほめられよう」とも思っていないような気もする。

平安時代ですら使いづらかった「従者」に至っては、いまどきの若者はさぞかし権利主張が激しいのだろうと思っていたら、昨今の「扱いづらさ」は少し質が違うらしい。

ある会社の社長に聞いた話を再現してみよう。

上司が部下のA君に、「次の役員会議までに、売上データの一覧を作成しておくように」と命じた。A君は素直に「はい」と頷く。ところが、会議の直前に確認すると、「あ、していません」と言う。この「あ、」という声色が、消しゴムを買い忘れた程度の軽さなのだという。

驚いた上司が「なぜ？」と訊くと、「ほかに仕事があったから」としか答えない。上司は、唖然とし、「『ほかの仕事』とはなんだね？」「役員会議よりも大切な仕事なのか?!」と畳みかける。だが、問い質すほどに、彼の視線は虚ろになり、唇をギュッと結んで無言になる。

――一体、どういうわけなんですかねぇ。まったく理解不能ですよ。

上司が社長に投げかけたセリフを、社長が私に丸投げする。予備校講師なら、「当世若者気質」が論じられるとお考えなのだ。

だが、理解不能は私も同じである。まず以って、「していません」という言種からして、癇に障る。「できていません」と言うなら、まだしも取り組んだ姿勢が窺えるが、端から放置していたということか。それならそうと報告するのが筋ではないか。そもそも、なぜ最初に「はい」と応じたのだ。私がその上司でも、立て続けに怒りを浴びせるだろう。

採用したのが間違いだ。私は内心そう思っていた。よほどの変わり者という認識だったのである。

ところが、その後も、いろいろな企業の管理職の方々から、似たような愚痴をしょっちゅう聞かされる。それが決まって三十代の若者で、男性に多く、しかも高学歴なのだ。

彼らは、決して怠け者ではなく、積極的に仕事に取り組むし、能力も高い。目立って性格が反抗的なわけでも、極端に人見知りするわけでもないという。

だからこそ、上司は、優秀なA君に重要な仕事を任せたのだ。実際のところ、「ほかの仕事」については完璧な出来栄えだったらしいから、資料作成について、「していない」という彼の表現に嘘はなく、能力的に「できない」というのとは違うようだ。

なぜしないのか、それがわからない。説教をすると、人が変わったように無反応になり、謝るでもなければ、言い返すでもない。まったく捉えどころがなくて、いずれの企業も頭を抱えているらしい。

そんなある日、私自身が驚くべき事態に遭遇した。

ある会社に依頼されて業界広報誌に寄せた原稿が、違う文章になって上がってきたのである。筆者である私も、編集長も、目を疑った。コンピューターの出力トラブルかと思ったら、印刷会社に送られたデータそのものが違っているという。調べてみると、驚愕の事実が判明した。なんと、三十二歳の編集者B君が、勝手に原稿を書き変えて印刷会社に送信していたのだ。しかも、もとのデータは上書きされて残っていないという。

編集長は激怒した。大恥をかかされたのだから、当然だろう。また、そうでなければ、筆者としても立つ瀬がない。私だって、怒り心頭なのだ。

だが、これを機に、理解不能の若者を解剖してみようという気になった。言葉は悪いが、彼は恰好の「被験者」である。なぜそんなことをしでかしたのか、ヒクヒクするこめかみに指を当て、私は彼と対話を試みた。

長いダンマリは予想どおりだった。「なぜ」という追及には無言だったが、叱られた「いまの気持ち」を問いかけると、ようやく口を開き、「よくわからない」とだけ答えた。

反省や謝罪の弁よりも先に出てきた「ワカラナイ」――このひと言ですべての謎が解けた。彼は、なぜ叱られているのか、それ自体が理解できていない。つまり、この期に及んでも、自分は正しいと思っているのだ。

推察するに、B君は「よかれ」と思って、原稿に手を入れたのである。私の文章がそこまでひどかったとは思いたくないが、それはともかく、彼にはなんの悪意も作為もなかった。「そういうことね？」と私の解釈をぶつけてみたら、B君の顔に表情がもどった。そして、改作にいかに工夫を凝らしたかを滔々と語り始めたのである。彼は、私を「助けた」、あるいは、よいものを「合作した」という認識なのだ。

A君の場合も、きっと同じで、「ほかの仕事が大切だった」という言い分に、他意はないのだろう。本人が「よかれ」と思ってしたことなのだ。

彼らは、「筆者の原稿」よりも「自分の改作」のほうが、「会議資料」よりも「ほかの仕事」のほうが、価値が高いと判断した。しかも、恐ろしいことに、その優先順位を独断で決めてしまう。

じつに無責任な話である。私でなくとも、社長や上司や編集長の世代は、みなそう思う。だが、おそらく、彼らは自分を「無責任」だとは思っていない。むしろ、「自分で決める」ことも「責任」のひとつだと思っているのではないだろうか。

考えてみれば、いまの三十代は、受験でも就職でも激しい競争を強いられた団塊ジュニアである。学校では「調和」よりも「個性重視」を教育され、「討論」などの訓練も受けて、絶えず人と異なる意見や発想を持つように求められた世代なのだ。社会の風潮としても、「自己責任」という言葉が使われ始めたころで、その影響も少なからず受けているだろう。

だから、彼らは、「自己責任」において、仕事の価値を「個」の基準で決めるのだ。そう考えると、すべて辻褄が合う。

コンピューターのプログラムを勝手にいじる。「このほうが使いやすい」と自己判断したからである。電話が鳴っても取らない。それは「ほかの人の仕事」なのだ。打ち合わせ時間を平気で変更する。彼らの「優先順位」により、約束は意味がない。

上司の命令にハイと応じるのも、「了解しました」という意味ではなく、「受け付けました」という感覚なのかもしれない。業務リストには入れたが、するかしないかは自分次第なのだ。

彼らの世界に、事前の相談は存在しない。報告に来るのは、二進も三進も行かなくなり、手の打ちようがないところまで来てからだという。それでも、事後報告があるだけましで、そのまま放置していたり、急に会社を辞めたりすることもあるらしい。そう言えば、配達が多すぎて年賀状を捨てた郵便局員や、メール便を家に置き放しにした宅配業者の社員など、驚くべきニュースを何度か見たことがある。

「常識がない」のひと言に尽きるのだが、ただ怒るだけでは埒があかない。彼らには、絶えず「他」を意識させなければならないのだ。

――資料が間に合わなければ、役員会議の意味がなくなる。経営に大きな支障が出たら、君ひとりが謝って済むか。顧客も株主も迷惑を蒙り、上司が管理責任を問われる。

――文章を世に出すときは、「筆者」と「編集長」と「会社」の名前を記す。それが、社会の認める「責任者」だ。君が責任を取ると言っても、だれも相手にしない。

――優れたプログラムも、君しかシステムを理解していないなら意味がない。エラーが起きたときに、君がいなければ、業務がストップするではないか。

――君のタイムスケジュールで事を動かすな。人をふりまわさず、自分のなかで調整しろ。

――「できない」ことを、いつまでも抱えるな。時間が経つほど、損害が大きくなる。

至極当たり前のことばかりだが、価値基準の土俵が違う以上、いちいち立ち位置を確認するしか方法がない。「常識だろ！」のひと言で済む時代は、終わったのだ。

このような「社会性」は、環境と教育によって形成される。

号令を受けたら命も投げ出した戦中世代や、安保反対の旗のもとに連帯した団塊世代とは、根本から考え方が異なる。幼少期に、集団の外遊びや、ボーイスカウトなどの奉仕活動、家庭でのお手伝いなどをしていれば、「序列」や「協調」の意識も多少は培われるかもしれないが、平日は深夜まで塾に通い、休日は家に籠ってゲームに明け暮れるのだ。考えてみれば、孤独な生い立ちである。このタイプが男性に多いのも、女の子は、比較的群れで行動し、多少のお手伝いをさせられてきたからだろう。

ほとんどの時間を「自己実現」のためだけに費やしてきた子どもたちが、ある日突然、「人の役に立つ」人間に生まれ変われるはずがない。予備校講師の私が言うのもおかしな話だが、社会も学校も親たちも、寄って集って「おバカな高学歴」をつくったのだ。辛抱強く再教育するしかないだろう。

めまぐるしく移り変わる社会にあって、世代間の常識のズレは、どんどん大きくなっていく。現在は、二十代が「ゆとり教育の世代」で、社会に出た第一陣は、すでに「したい」か「したくない」かの気分を基準に仕事をする傾向にあると聞く。もはや「話せばわかる」という単純な距離感ではなくなった。それを早く認識しないと、「めったにない」ものは、「部下の悪口を言わない上司」ということになる。それでは、いい大人があまりに情けない。

あぢきなきもの
◆どうしようもないもの

「自分探し」は自立を遠ざけるばかり

同じく三十代以降の高学歴の若者に目立つ特徴に、「職を固定したがらない」傾向がある。大不況のいまとなっては、「派遣切り」の社会問題として被害者に転じたが、数年前までは、新しい働き方として「ハケン」だの「フリーター」だのとマスコミを賑（にぎ）わした。

平安時代にも働いたり働かなかったりを繰り返す人はいたようで、これを指して清少納言は「あぢきなきもの」と評している。無益なもの、無意味なことに対する不満を表す言葉で、「つまらない」とか「どうしようもない」というような意味合いで使われる。

どうしようもないもの◆わざわざ思い立って宮仕えに出た人が、勤めを億劫がって、煩わしそうに思っているの。人にもなにやかやと言われ、面倒なこともあるので、「必ずどうにかして退きたい」ということを口癖にして、やっと宮中を退出してみると、今度は親の小言が恨めしいので、「きっとまた宮仕えに参上しよう」と言うことよ。

この「宮仕え」はおそらく女房勤めのことだろう。中流貴族の娘たちが、憧れてきらびやかな世界に入ったものの、現実の厳しさに直面して、すぐさま逃げ出したくなったのだ。実際の宮中は、「華麗なサロン」であると同時に、皇族や上流貴族の「派閥争いの場」で、一女房とて無関係には生きられない。権力者のパワハラや殿方のセクハラ、古参女房のいじめに同僚女房たちの噂や陰口など、複雑な人間関係に取り囲まれて働かなければならない。

そんなことは、いつの世にも、どこの世界にもある。三人いれば二対一で派閥はできるわけで、程度の差こそあれ、人間関係に悩まない職場など皆無だろう。賢くかわす、味方につける、正面から闘うなど、手段は千差万別であるが、工夫しながらなんとか折り合いをつけていく。

だが、昨今は、その面倒を端から除外してかかる若者がいる。いまや、大卒の三割が三年以内に離職するというのだから、驚きである。

彼らは、就職氷河期だから正社員になり損ねたというような、いわゆる社会的弱者ではない。本人がみずから組織に属さないことを選んだのだ。遊ぶための休日がほしいわけでも、しぶしぶ仕事をしているわけでもない。能力は高く、遅刻も欠勤もせず、きちんと働く。雇い主としても、できることなら将来の担い手として頼りにしたいところだが、正規雇用の話を向けても本人が喜ばない。

なぜ正社員になりたくないのか。理由を聞くと、職場の人間関係を背負うのがウザイから、と言う。明らかに人格の劣った経営者に顎で使われたり、自分よりも能力の低い上司に叱られたり、好きになれない同僚とチームを組まされるのがイヤなのだそうだ。

「ウザイ」とか「イヤ」とか、若者用語をそのままカタカナで書いたのは、彼らの感覚が、その程度の表面的な嫌悪感でしかないと私が感じているからだ。社会的な正義感や道徳観による問題意識なら、自分だけが逃れることはせず、渦中に留まって改革に努めるだろう。

どんな仕事にも、表面をなぞっただけでは見えてこない「奥行き」というものがある。新人のうちは、まずは素直に職場に敬意を表すのが基本的な姿勢だろうと思うのだが、わずかな時間で、業務内容や職場の人間に一方的な評価を下してしまう。

そんなふうに他人を見下すことのできる、どんな実績が君にはあるのだ、と問いたいところだが、まるで評論家のように高みから物を言う。すぐに逃げられる位置にいながら仲間に石を投げるのだから、それこそほめられた人格ではないと思うのだが、本人は賢く身を処しているつもりなのだろう。

さらに驚くことに、背負いたくないのは、人間関係だけではない。「職業を決める」ことそのものからも、できるだけ逃れていたいらしい。自分が望めば、いつでもなんでもできると自負しているのだろうか、自信たっぷりの口調で「自分の能力を限定したくないんすよね」と言う。そうして、先の見通しもないまま気軽に仕事を辞め、なんの計画もなく、ふらりと海外に行ってみたりなどする。

なにか大きな志があって、いまは仮の姿なのだ、というならわかる。食べるために働き、生き甲斐は別にある、というのも共感できる。大成功のあとの心の空洞や、逆に、大失敗のあとの心の整理のために、一定期間を真空状態にしたい、というのも支持しよう。

　だが、そうではなく、ただ「決まってしまうのがイヤだ」というだけの理由で、いつまでも人生を保留にしておくというのだ。十八や二十で言うのならまだしも、それが三十を超えた大人の言うことだろうか。「決めない職業」などというものが存在するのか、あまりに不思議で、さすがに口達者の私も「ふう〜ん」としか返答できない。「あぢきなし」とは、まさに、この「ふう〜ん」という心境を言い得た古語だと思う。まったく無意味でどうしようもない。

　収入よりも、安定よりも、第一に「自由の身」であることを優先する若者。結果、年を取って彼らの手に残るものは、「自由」どころか、「何者でもない」という空しい履歴である。道を決めなかったがために、避けがたく決まってしまう将来。それは、皮肉にも、彼らのプライドがもっとも傷つく結末なのだ。賢い彼らが、それを見通せないのが不思議でならない。

　そう言えば、彼らはよく「本当の自分」とか「自分探し」という言葉を使う。転々と職を変えさえすれば、あるいは、異郷の地を彷徨いさえすれば、いつかどこかに「本当の自分」が転がっていて、「探し当てる」ことができるとでも思っているのだろうか。「自分」は「ここ」にいて、「なにをするか」で形づくられていく。ひとつの道も極めずに、横へ横へと身を移していくだけでは、山裾を空しく巡るだけで、いつまでも眺望は開けない。

「自分探し」は、敢えて言うなら、国家もしくは親に見放された人が、民族や血脈のルーツを求めて使うべき言葉である。あるいは、ひとつの道に邁進して燃焼し尽くした人が、人生の次の扉を模索するのに似つかわしい表現である。『在日　ふたつの「祖国」への思い』を著した姜尚中氏の「自分探し」は前者の民族の悲しみの表現であり、サッカーの中田英寿の「放浪の旅」は後者の新たな一歩のためである。いずれの場合も、地を這うような苦労や血の滲む努力のなかで「自分」の内面を深く見つめているのであって、自由気ままに生きるのとは訳が違う。

マスコミは、そうした有名人の特異な生き方に、宣伝文句をつけて矮小化するのがお得意である。そのときどきに、「これぞ流行」と思わせるようなカッコイイ生活を、ドラマや雑誌に描いてみせる。実年齢よりもかなり幼稚な現代の若者が、こうした演出に踊らされる危険性は否定できない。「ハケン」は能力主義の一匹狼がステップアップしていくアメリカンドリームを思わせ、「フリーター」は仕事も趣味も両立させる心豊かなヨーロピアンスタイルを匂わせていた。あれほどマスコミが挙って煽った挙句に、いまや、手のひらを返したように、リストラの犠牲者扱いである。そもそも「生き方」に「流行り」をつくること自体が不遜だと思うのだが、性懲りもなくまた次の「商品」をつくりだす。

もちろん、企業も共犯者である。正社員として雇うとクビを切れないが、みずから好んで「ハケン」や「フリーター」になってくれるなら、ありがたくも便利な人材である。よほどの能力であれば、逆に正規で抱えられないことが痛みにもなるが、そこまで有能な人材は多くはない。先の予測が立たない混迷の時代なのだ。優秀なひとりの専門家よりも、並の素人十人を、場合に応じて組み替えて使うほうが、リスクは少ない。

親がまた、心ならずもその「無益な自分探し」を支えてもいる。定職を持たず、気ままに暮らしていけるのは、親が住まいを提供し、食い扶持を保障しているからだ。家賃と食費の脛を齧る生活は、「自立」とは言わない。餌を嘴まで運びながら巣立ちを説くのと同じで、まったく意味がない。挙句に、「あなたのしたいことが見つかるまでは」などと、真綿のような羽根で無期限に包み込む。そのぬくもりのなかで見た将来が蜃気楼だと気づいたときには、時すでに遅く、親は朽ち果てようとしている。飛べない小鳥はどうするのだろう。

こう考えると、彼らは、食うにも困る貧民ではなく、平安の女房たち同様、多分に「貴族的」なのだ。女房たちは、中流階級とはいえ、父親が受領(ずりょう)、すなわち地方国の長官で、じゅうぶんな財を成している。彼女たちが働くのは、生活のためではなく、「玉の輿(こし)に乗る」ためのトレンドなのである。

それであっても、平安の親たちは、のこのこと辞めて帰ってきたわが子に小言(こごと)を言ったのだ。実家が居づらければ、しぶしぶながらも職場にもどる。子がある一定の年齢に達したら、親子関係の居心地のよさが時に子どもをダメにすることを、親も認識すべきだろう。そうでなければ、いつまでも餌をねだって、果ては「ニート」や「引き籠(こ)もり」になってしまう。そうして年金という骨までしゃぶられたら、その老後たるや、「あぢきなし」では済まないだろう。

なまめかしきもの

◆優雅なもの

「場合によりけり」は、そんなに難しいか

老若男女(ろうにゃくなんにょ)を問わず、ふだんからおしゃれに気を遣(つか)うようになって、街を歩く人の服装はみな小ぎれいになった。

装い飾ることを「おめかし」というが、「めかす」は「それらしく見せる」こと。つまり、ファッションとは、自分を「何者かに見せる」ためのものである。

優雅なもの◆ほっそりときれいに見える貴公子の直衣姿。

＊直衣＝貴族男子が平服・略式礼装として着る上着

私が子どものころは、ふだんは継ぎ接ぎの服で辛抱し、都会に出るときだけ、全身ピカピカのおしゃれをしたものだが、「よそゆきの服」は、晴れやかな都会人になりきるための服装だった。

ところが、日本が豊かになるにつれ、正式の「晴れ」と日常の「褻」のあいだに垣根がなくなった。おしゃれは、「場」を演出するものではなく、「個性」の発信へと様変わりしたのだ。自分のなりたい「理想の自分」、もしくは「まったく別の自分」になりきる。特に若者にはその傾向が強く、大人が目を剝くような奇抜なファッションをしているのは、自分の現状を打ち破りたい願望の表れである。

だが、われわれ大人は、それを「下品」と感じる。

二〇一〇年の冬季オリンピックでも、二十一歳のスノーボード男子選手の服装が問題になった。第一ボタンとネクタイを緩め、ブレザーの下からワイシャツの裾を出し、ズボンをずり下ろして「腰パン」にしていたのだ。

日本選手団の制服を、彼は彼なりの「個性」で「スノーボーダー」らしく着崩したつもりだったのだろう。が、五輪という国際競技の「場」にはふさわしくないとして、国民から猛烈にバッシングされた。

平安貴族社会では、その種の物議はあり得ないだろうと思っていたら、『枕草子』に、「奇抜な衣装」で顰蹙を買った人物の記述があった。『源氏物語』を書いた紫式部の夫、藤原宣孝である。

彼が、御嶽精進のために吉野の金峰山に参詣した道中のことである。修験道の霊地に参籠するのだから、地味な身なりで行くのが本来であるが、この男は、「つまらない」と言って、息子の隆光にまで派手な格好をさせ、人々の度肝を抜いた。

> 三月の末に、紫のとても濃い指貫に白い狩衣、山吹色のおおげさに派手な袿など着て、息子の隆光……には、青色の狩衣、紅の袿、乱れ模様を摺り出した水干袴を着せて、連れ立って参詣したのを、御嶽から帰る人も、これから参詣する人も、見慣れぬ奇妙な風体だとして「一体全体、昔から金峰山でこ

んな格好の人は見たためしがない」とあきれ返った……

＊指貫＝袴のひとつ。裾に通した紐で足首をくくる。貴族男子の平服・略式礼装　狩衣＝貴族男子の平服・外出着　袿＝内側に着る衣　水干袴＝袴の一種

父親の宣孝は、「濃い紫」の袴、「白」の上着の内側に、「山吹色」つまり黄金色の袿を着ているわけで、なんともどぎつい配色である。息子の隆光に至っては、「青」の上着の下に「紅」という原色重ね。「場」を構わない人は、平安時代にもいたわけだ。「上品なおしゃれ」とはなんなのか、言葉で説明するのは難しい。だが、表題の「なまめかし」という古語の成り立ちが、「優雅」とはなんぞやということを教えてくれる。

「なま」は「生半可」の「生」で、半端なさまをいう。「なま＋めかし」とは、つまり、「おめかし」を半分に抑制することなのだ。表面は地味なように見えて、じつは目立たないところに行き届いた心遣いがなされている。その奥ゆかしさが、「優雅」の正体である。

逆に、「流行の最先端」というようなファッションは、「エンジン全開」のおめかしで、「調和」というハンドルの遊びがない。その仰々しさは、「見せたい自分」の勝手

な「暴走」と映り、見る者を不快にさせる。「ここは君だけの場ではない」と、排除したくなるのだ。

では、清少納言が「なまめかしきもの」に挙げた「貴公子の直衣姿」とは、どんな衣装なのか。『枕草子』をくまなく探すと、ひとつの具体例があった。

平安宮中きっての「モテ男」、二十九歳の藤原斉信の「優雅」をお目にかけよう。彼が、清少納言と簾をはさんで話をしている姿である。想像をたくましくして、美しい衣装の色合わせを頭に描いていただきたい。

表が白で裏が赤の桜襲の綾の直衣は、とても華やかで、裏の赤の色艶などが、なんとも言えず美しく透いて、そのうえ、葡萄染のとても色濃い指貫には、藤の折枝の模様を豪華に浮き織りにし、袖口から紅の色や、砧で打ち出した光沢などが、輝くばかりに見えている。その下には白や薄紫色などの下着が、幾重にも重なっている。狭い縁側に、片足は下におろしたまま、心もち簾の近くに寄って座っていらっしゃるお姿は、本当に、絵に描いたり、物語にすばらしいこととして言ったりしている貴公子とは、まさしくこういう姿なのだわというふうに見える。

＊襲＝重ね着　葡萄染＝ぶどう色の染め色。薄い赤紫色　砧＝布を柔らげ、光沢を出すために木槌(きつち)で打つこと

記述によると、二月二十日過ぎとあるから、陰暦では「春」の盛り、梅から桜へと移るころである。

上着の直衣は、「表は白」で「裏は赤」というから、重ねると「桜色」に透けて見える。もちろん、季節を考えてのことだ。下半身は、深いワインカラーの地色に、藤の折枝が織り込まれた裾絞(すそしぼ)りの袴で、「赤紫」と「藤色」の紫系統の色目が、しっとりとした落ち着きを感じさせる。この指貫の「紫の濃淡」も、上着の下に重ねた「白や薄紫」も、すべてが、直衣の「桜色」に対して柔らかい色の階調(グラデーション)をつくりあげていて、のどかな春の日にふさわしい。そして、袖口から、目の覚めるような発色の「紅」が、一点だけ覗(のぞ)いているのである。

清少納言が、これほど細かく衣装の描写をした人物は他にない。まわりの女房たちが、「みな斉信様のお姿は見たけれど、そなたみたいに、縫(ぬ)ってある糸や針目までも見た人があったろうか」と笑ったというから、色糸の縫い目ひとつにもセンスが光っていたのだろう。

この続きには、「外から見る人がいるかと思い、御簾(みす)の内にはどんな美人がいるかと思い、反対に、部屋の奥から私の後ろ姿を見る人がいたら、外にこんな素敵な男性がいるとは夢にも思わないだろう」と、自分を卑下(ひげ)してまでも斉信を絶賛しており、宣孝と比較してみるまでもなく、その品のよさは際立っている。

「自由な発想」がファッションの原点であることは否定しないが、時（time）と場所（place）と場合（occasion）を選ぶ「ＴＰＯ」を心得ることは、人を居心地よい気分にさせる大人の配慮である。

「場合によりけり」の柔軟性を持つことがそんなに難しいことなのか、場違いなファッションに首を傾(かし)げるのは、私だけではないだろう。

藤原宣孝は、人々の驚愕(きょうがく)を前に、「清潔でさえあれば、よもや、御嶽の蔵王権現(ざおうごんげん)も『粗末な身なりで参詣せよ』とはおっしゃるまい」と豪語した。「罰当たり」などという宗教心を持ち合わせていない、「豪放磊落(ごうほうらいらく)」な人格を身に纏(まと)って見せたかったのだ。

さて、例のスノボーの選手であるが、口べたな若者らしく、宣孝のようには多くを語らなかった。彼は、自分を、「五輪選手」以外の一体「何者」に見せたかったのだろう。

「国の代表」という言葉には、「日本のために闘うわけではない」と敏感に反応したが、制服に「軍服」と等しい強制でも感じたのだろうか。

もし、ファッションに「思想」を問うなら、いっそ制服そのものを拒否し、私服で登場するほうが筋が通っている。そうなれば、もちろん、五輪出場に「国費」を使うことも辞退しなければ、辻褄が合わない。ひとりだけ別行動を取るのなら、いくら若くても、それなりの覚悟があってしかるべきだろうと思う。

団体の調和美に逆らい、周囲の人を困惑させてまでこだわる「自分スタイル」とはなんなのか。総バッシングの記者会見で見せた、怯えと威嚇が共存したような目つきが、ちょっと着崩すくらいの抵抗しかできなかった彼の、「若者特有の狭量」を雄弁に物語っていた。

ねたきもの
◆いまいましいもの

幼稚な心で使えば、便利なツールも〝凶器〟に

『枕草子』には、「手紙」に関する記述が驚くほど多い。

当時は、それがただひとつの通信手段であり、外部からの貴重な情報源でもあったわけだから、現代人の感覚では測り知れないありがたみがあったのだろう。

逆に言うと、手紙のやり取りにおける不手際は、取り返しのつかない致命傷となる場合もある。宮中という複雑な社会においては、手紙は、よきにつけあしきにつけ人間関係を決定づけるものとなるので、かなり神経を遣ったらしい。

いまいましいもの◆こちらから送る手紙でも、人が言ってよこした手紙の返事でも、書いて送ってしまったあとで、文字のひとつふたつなど直したくなった場合。……見せてはならない人の所へ、よそへ送った手紙を取り違えて持って行っているのは、ひどくいまいましい。使いの者が、「なるほど間違えていました」とは認めず、頑なに抗弁しているのは、人目さえ気にしないなら、絶対に走っていって叩くに違いない。

この時代は、郵便配達をするのは使用人で、場合によっては年端も行かない童であったりする。そのなかでも慎重に人を選びはするのだろうが、下仕えの者のすることゆえ、送り主の繊細な思いに反して、宛先を間違えることはままあったようだ。仕事上の手紙が異なる派閥の人の手に渡れば悪用されかねないし、恋文などがおしゃべり好きの人の手に渡れば醜聞にもなりかねない。

「いまいましい」と訳したが、この「ねたし」は、使用人の不注意に対する苛立ちと、非を認めない憎々しさと、そんな人選をした自分に対する腹立たしさが綯い交ぜになった感情であろう。

現代では、専門職の郵便局員が配達するので、手紙が「見せてはならない人」に渡されることはまずない。誤配された場合も見知らぬ人であるし、相手も気づけば開封せずに知らせてくれる。が、怖いのは電話回線が運ぶ「メール」である。うっかり送り先を間違えたり、知らないうちに人に見られたりする危険性は高い。

大企業の部長をしている私の友人が、「部下に裏切られた」と憤懣やるかたない様子でやってきた。ある日、会社のパソコンに届いたメールを開けると、『ここだけの話』というタイトルで、「部長」の悪口がおもしろおかしく書かれていたというのである。その「部長」がだれのことだか、はじめは訳がわからなかったが、発信人を確認すると自分の部下だった。考えた末に、やっと事態が呑み込めた。部下は「見せてはならない本人」に誤って送信してしまったのである。想像するに、仕事上の連絡で「一斉送信」の機能を日常的に使っており、部下はリストから「部長」の宛先を除外するのを忘れたのだろう。

友人は、あまりの腹立たしさに、体が震え、頭が真っ白になったと言う。すぐには対処できず、自分のどこが悪いのか、数日間考え抜いたらしい。メールの文面を私も見たが、友人という贔屓目を差し引いても、そんな陰口を叩かれる人物ではない。むしろ好人物といってよく、気の毒なことに、おそらくは部下に舐められたのだ。

「どうしたものか」というのが、私のところに来た理由だった。本人としては、まず送信した張本人を呼んで真意を問い質し、次に受信した者を調べ集めて、「黙認すれば同罪だ」と全員に説教を垂れるつもりでいるらしい。

やはり、彼はいい人だ。学校の先生みたいに、嘘も隠しもない直截的な方法をとる。私は、教師という仕事をしているが、そこまでお人好しではない。第一、相手は生徒ではなく、社会人なのだ。卑劣な輩にまともな手法など、意味がない。

「目には目を」ではないが、「メールにはメール」で返す。部下がよこした文面をそっくりそのまま返信するのだ。タイトルは『君の心がけひとつ』としよう。部長の名前で届いたそのメールを開けると、自分が書いた陰口が出てくるというわけだ。そうして、ふだんどおりに過ごし、ずっと知らん顔を貫く。

あとは、本人が、悩むなり、行動するなり、自分で始末を考えればよい。説教なんかするよりも、よほど熱いお灸になる。また、この方法で対処する限り、二度と舐められることはないだろう。それこそが、部長が解決すべき問題の本質なのだ。

愛人のところに送るはずのメールを、私のところに送ってきたバカな男友達もいる。愛人と私の名前がたまたまアドレス帳に並んでいたのだろう。あとから思えば、タイトルの『また来週ネ』を見たときに、「ネ」のカタカナ遣(づか)いにわずかな違和感を覚えたのだった。さして深く考えもせず、指が反射的に開封してしまったのだが、読まなければよかった。

いい年をしたオッサンのハートマークだらけの恋文を、図(はか)らずも見てしまった私の後ろ暗さをどうしてくれよう。「相手が違います」とまじめに返すか、そのまま知らんふりを通すか、バカバカしくも真剣に悩んだが、彼の面子(めんつ)を潰さないためには軽口を叩くしかない。『私はだあれ?』と題して、「こんなにも愛されていたなんて」とだけ書いて返したら、大慌てで電話をかけてきた。なにはともあれ、送信先が妻でなくてよかった。

運悪く、不都合な相手といるときに届く手紙というものもある。平安時代であれば、恋人や夫が通ってきているときに、ほかの殿方からの恋文が送られてきたりすると、「それはなんだ」ということになる。

見せては都合の悪い人が、手紙を横取りして、庭に降り立って見ているのは、とても情けなくて、いまいましく、追いかけて行っても、こちらは御簾のもとで立ち止まって見ているしかないのは、いまにも飛び出して行きたい気持ちがする。

成人女性は簾から不用意に出てはならない時代だった。男性が庭先に降りてしまえば、指を咥えて見ているしかない。それもまた、なんといまいましいことだろう。それでもまだ、目の前で見る分には、見られた側も既成事実として承知することになるが、現代では、知らないうちにメールを見られている場合もある。統計によると、配偶者のメールを勝手に覗き見るのは、妻のほうが多いらしい。男性のほうが浮気の確率が高いからだ。

夫の浮気を知ってどうするのだろうと思ったら、それを証拠に有利な離婚条件を引き出すのだと言う。夫から愛人へのメールは、知らぬ間に妻のパソコンに転写され、来るべき日に備えて、「きっちり保存、しっかりロック」されるのだ。

なんという浅ましい夫婦関係かと思うが、そもそもは「浮気をしていない」という確証が得たくて始めたというから、発端は、妻の無邪気な出来心だったのかもしれない。

だが、動機はともあれ、人の心を無断で盗み見るのである。「無邪気」ですむような軽いことなのだろうか。私は、携帯にロックはかけないが、それは、互いに見ないという信頼を前提としている。もし無断で開けたら、友人であれ、恋人であれ、その時点で絶交する。たとえ家族でも、勝手に手紙を開封すれば、法的には「信書の秘密」を侵したことになるのだ。メールであっても、理屈は同じだろう。対等な大人の関係なのだ。疑うなら、正面から切り出せばよい。信頼関係を欺いたという点では、浮気にも劣らぬ破廉恥な行為だと思う。

手紙を見ると、目の前で差し向かいに会っているように感じるのは、たいへんすばらしい。自分の思うことを書いて送ってしまったら、まだあちらまでは行き着いていないだろうけれど、満足な気がすることだ。もし手紙というものがなかったら、いかにうっとうしく、心が暗く、気が塞ぐことだろう。……まして、返事を見ると、命を延ばしてくれるような気持ちがするのは、なるほどもっともなことであるよ。

手紙は、互いが心を通い合わせるためのツールであって、人を貶めるために利用するものではない。人の手紙を盗み見て邪悪な心を増殖させるくらいなら、みずからが相手の心に訴えかける美しい手紙を書くのが本来だろう。また、受け取った者も、求めに応じられない場合であっても、敬意を払って、言葉ひとつひとつを選んで返す誠意は見せたいものである。

子どもたちの世界では、メールがいじめの発端にもなるというから、最先端の便利な道具も、幼稚な心で使うと、もっとも原始的な村八分を生むものらしい。いや、「死ね！」とまで書かれるのだから、八分どころか、全否定されて一分の救いもない。

その怖さを知ってか、子どもたちは絵文字を多用する。誤解を生まないための知恵なのだろうが、無機質な活字の応酬に一喜一憂するよりも、手書きの文字の味わいを知ってほしい。

> 過ぎ去った昔が恋しいもの……しみじみと心に沁みた手紙を、雨など降って
> やるせない日に、探し出したの。

書き手の人となりや気持ちが映し出された手書きの文字は、年月を超えて生き続ける。その筆の息づかいや風合いは、デジタルでは保存できないものなのである。

二章

躾ける

〝行儀わるい〟ふるまいに慣れてしまっていませんか

「親が親なら子も子」「お里が知れる」などの言いまわしが廃れて久しい。親もだが、地域ぐるみで子どもたちを教育しなくなった。〝個の自由〟なるものを尊重し過ぎた結果である。

若者だけが醜いのではない。大人がみずからを律する姿勢を見せていないのも問題だろう。自分の傲慢な態度や、だらしない姿を、まわりはどう思うだろうか——自己のなかに「他人の目」を持つことが、最終的にあなたを救うはずである。

人ばへするもの

◆人がそばにいると調子づくもの

子育ての要諦は、じつはシンプル

「人ばへ」は、古典のなかでも用例のめずらしい語で、どんな意味なのか、じつのところ厳密にはわかっていない。『枕草子』のこの章段に列挙された項目から類推して、「人がそばにいると調子づくもの」と訳されている。

人がそばにいると調子づくもの◆なんということもないつまらぬ子どもが、親にかわいがられて甘やかされつけているの。咳。こちらが恥ずかしくなるほど立派な人になにか言おうとするときにも、まず咳が出る。

「咳」は、本当に、こんなときに限ってというタイミングで出る。人前で話をすることの多い私は、何度も恥ずかしい思いをしてきた。しかも、止めようとすればするほど止まらない。心配そうに人がじっと見るので、なおのこと焦って、ますます勢いづく。

その「咳」と並べて、甘やかされた「なんということもないつまらぬ子ども」を配置しているところが、清少納言の視点のおもしろさである。性質(たち)の悪さは両者いい勝負、というところか。よほど手を焼くことが多かったのだろう、このあとも延々と「図に乗る子ども」の描写が続く。「確かにいるよね、こんなガキ」と思わず手を打ってしまいそうな絶妙の筆致(ひっち)を、まずはご堪能(たんのう)いただこう。

近所に住む人の子どもで四つ五つくらいの子は、いたずら盛(ざか)りの困り者で、いろんな物を取り散らかして壊したりするのを、いつもはまわりに引っ張られて止められ、思うままにもできないのが、親が来ているのに勢いを得て、見たかった物を、「あれを見せてよ、ねえ、お母さんたら」などと引き揺するのだけれど、母親が大人同士の話に気を取られて、子どもの言うことをすぐにも聞き入れないものだから、自分の手で引っぱり出して来て見ているのは、ひどく憎らしい。それを、「あら、いけませんよ」と言う程度で、物を取り上げたり隠したりもせず、「そんなことしちゃダメよ」とか「壊さないでね」とだけ、笑顔で言う親も憎らしい。

四歳五歳はしかたがない。第一次反抗期で、「ちびっ子ギャング」「ちびっ子モンスター」と言われる年齢なのだ。悪さをするのが彼らの日課で、おとなしいほうがむしろ心配しなければならない。問題は、親なのだ。子どもかわいさで容認しているのか、性格が大ざっぱで気が利かないのか、わが子が小さな獣と化しても平然と野放しにしている。

わが家は母親が書店を営んでいたので、子ども連れのお母さん方に長年ご愛顧いただいた。私が物心ついて店先に立つようになってからでも、ほぼ十年単位くらいで、親子の様相は変化してきた。

日本全体がまだ貧しかった時代は、「子どもの店」と「大人の店」が暗黙のうちに分けられていたように思う。子どもが自由に触ってよいのは、駄菓子屋や貸本屋などの格安料金のお店だけで、それ以外のふつうの店では、親はまず小さな子どもに商品を触らせなかった。

親の教養の高さがそうさせたのかというと、必ずしもそうとは言えない。親から子へ代々そのような躾を受け継いだ家庭もあれば、弁償する余裕がないという貧困の背景もあっただろう。子どものほうも、本やおもちゃを買ってもらえるのはお正月と誕生日くらいで、ふだんから物を大切に扱う習慣が自然と身についていた。品数も少なかったから、限られたいくつかの商品のなかから親が選んで買い与え、子どもはそれを胸に抱えて、帰るまでは封を開けることすら許されなかった。

ところが、高度成長期に入って、商品が一気に多様化すると、親が子どもの求める流行のはやさについていけなくなる。贈り物にと内緒で買って帰ったら、子どもが不満を訴え、あとで交換にみえるケースが急増した。親子で来店しても「これがいいの？あれにする？」と中身を見せて問わなければならない。親にゆっくりつき合う時間がないと、「先に選んでおきなさい」「これで買ってきなさい」ということになる。子どもたちが自分で選ぶ時代になったのだ。

それでもまだ、「これは商品だ」という意識が子どもたちにはあったと思う。立ち読みにも仁義があり、読んだとわからない柔らかい開き方をするとか、きちんと元あった場所にもどすとか、数冊読んだら一冊は買うとか、それなりの遠慮が窺えたものだ。お店のほうも、ある程度は目こぼしをし、今日はここまでという合図にハタキをパタパタさせる。子どもたちは引き際を心得ていて、素直に「ありがとう」と言って立ち去ったものである。

一体、いつごろから手に負えなくなったのだろう。

立ち読みは、もはや堂々たる座り読みに変わり、一時間でも二時間でも、ペタリと床に尻をついて、コミック全十数巻をイッキ読みする。通路のジャマだと注意をしても平気の平左で、じろりと睨んで終わりである。雑誌に至っては、必要な情報を携帯で撮影したり、店内のコピー機で無断複写する輩までいる。立派な犯罪だが、もちろん罪の意識はない。

経済活動が飽和状態を迎えたせいだろう。需要を上まわる供給、過剰なサービス合戦、無料化競争。すべてのものは消耗品で、大切に扱う価値を失ったのだ。

そうして大きくなった子どもたちが、親になって子育てをする。そのありさまたるや、これが文明社会かと恐ろしくなる。

幼児はふつう、親が抱くか手を引いて買い物をするものだが、店内で放し飼いにされている。自分が心置きなく雑誌やコミックを読むために、親が子どもを絵本コーナーに放置するのだ。途中で泣かれたくないから、手際のよいことに、小さな手におやつまで握らせている。美しい表紙にはべとべとの手形がつき、ページは折れる、カバーは破れる、背は曲がる。「飛び出す絵本」は引きちぎられ、「付録のおもちゃ」はもぎ取られてしまう。

店の者が抱きかかえてこれを制止するが、親からは「すみません」のひと言もない。不機嫌そうに「こっちに来なさい」と違うコーナーへ逃げるか、「払えばいいんでしょ」と開き直る。これらはまだよいほうで、「触っちゃいけない物なら、触れないようにしておきなさいよ！」と文句を言われる場合すらある。これが、モンスターペアレンツと呼ばれる親たちである。もはや、子どもだけではなく、親も怪獣と化したのだ。

『枕草子』の記述のとおり、平安の昔から、子どもに甘い親はいた。いや、日本人は、総じて子どもをペットのようにかわいがる傾向がある。だが、それと同時に、大人がみなで子どもたちを躾ける大らかな国民性も持っていた。

明治から昭和初期の庶民生活を、英国人の目で捉えた本を読んだことがある。「日本という国は、親のみならず、大人がみな子どもを王様のようにかわいがる」と書いていた。生まれてすぐにベビーベッドに寝かしつける欧米文化から見れば、小学生になってもまだ両親と川の字で寝る日本の子育ては、異常なまでの過保護に映ったのだろう。

だが、著者は、その続きに、次のような記述を残していた。「だが、それだけ甘やかして育てても、子どもたちは増長することなく、はにかみ屋で人なつこくて愛らしかった」と。

「ムチで叩かないと子どもはダメになる」という諺があるくらいに、厳格な躾を信じて疑わなかった英国人の目には、甘やかしても礼儀正しく育つ日本の子どもたちが、不思議に輝いて見えたのだ。わが子も、隣の家の子も、見知らぬよその子も、同じように抱きしめ、同じように叱った、古きよき時代の日本の教育の所以である。

　勉強ができることよりも、容姿が整っていることよりも、「人前に出して恥ずかしくない子」に育てることが、親の第一の務めだった。この誇らしい教育のあり方をもう一度取り戻すのは、そんなに難しいことなのだろうか。登校時には「行ってらっしゃい」と見送り、下校時には「お帰り」と全員に声をかける。元気がなさそうであれば話しかけ、「どこへ行くの」と注意を払い、いけないことは遠慮なく叱る。たったそれだけのことなのだ。

　子どものときにしてもらったことを、私たち大人がしなくなった。子どもの権利だの自由だのプライバシーだのと、頭でっかちに考え過ぎたのだ。借り物の教育を未消化のまま捏ねまわしているあいだに、義務も責任も公徳心もどこかに吹っ飛んでしまった。

　だが、小難しい解釈など必要ない。あの懐かしい時代の祖母や母たちは、だれもが迷いなく、シンプルなひと言で子どもたちに言い聞かせた。

「買わないものは触らない」「人さまの物には手を触れない」――大切な点はただひ

とつ、大人がみな「同じ叱り方」をすることである。そうすることによって、子どもたちは、理屈もなく、それを正義と理解する。理不尽な親モンスターも、鏡の反射のように八方から同じ説教を食らわされれば、異質な自分の醜い姿を自覚する日も来るだろう。

うつくしきもの　わが子は「うつくし」だけではないから愛しい

◆かわいらしいもの

小さな子どもにも容赦のない清少納言なので、子ども嫌いと勘違いされる向きもあるが、子どもの愛らしさを書かせたら、この人の右に出る者はない。「うつくしきもの」で始まる「かわいらしいもの」を集めた章段は、そのほとんどが幼児の描写で埋め尽くされている。

かわいらしいもの◆瓜に描いた赤ちゃんの顔。……二歳くらいの幼児が、急いで這って来る途中に、ほんの小さな塵などがあったのを、目ざとく見つけて、なんとも愛らしげな指でつまんで、大人などに見せているのは、とて

> も愛らしい。髪を肩で切りそろえた幼女が、目に髪がかぶさっているのを、かきのけもしないで、顔を傾けて物など見ているのは、たいそうかわいらしい。……愛くるしい赤ちゃんが、ちょっと抱いてあやしているうちに、抱きついて寝入ってしまったのも、可憐である。……たいへん丸々と太った、二歳ぐらいの、色白できれいな赤ちゃんが、二藍の薄物など丈の長い着物を着て、襷で袖を上げたのが、這い出て来たのも、とてもかわいらしい。
>
> ＊二藍＝染め色。赤みがかった青色　薄物＝薄い絹織物

まさに活写というにふさわしい見事な書きぶりで、そこには描かれていない、光に透ける髪の柔らかさや、抱いた肌の丸い感触、乳臭い匂いまでもが、言外に想像される。

母性とは、まさにこういうものだろう。理屈もなく、赤ん坊はかわいい。人間の子どもだけではない。「かわいらしいもの」には、動物の子どもの描写もある。

> 雀の子が、ちゅっちゅっと舌鳴きして呼ぶと、跳ね躍るように出てくるの。……鶏の雛が、足の脛長く、白く愛らしく、丈の短い着物を着たような格好

で、ぴよぴよとやかましく鳴いて、人の後ろに立ってついてまわるのも、また親鳥のそばで連れ立って動きまわる、それを見るのもかわいらしい。

どの本で読んだのだったか、人間でも動物でも、子どもの顔には、目鼻に共通の配置があるらしい。横に広くて丸い輪郭(りんかく)に、やたら大きな目と、小さすぎる鼻と口。両目の間隔は開き気味で、瞳が大きく、白目が少ない。これが「かわいい」の正体だ、という。

創造主である神は、赤ちゃんの顔に、敵の闘争心を挫(くじ)くような細工(さいく)を施した。その愛らしさの黄金比率を平均化した顔が、ブルーノの描(か)いた絵本のうさぎ「ミッフィー」であり、サンリオが世界に向けて売り出した子猫の「キティ」である。

ところが、昨今は、神の魔法も通力(つうりき)を失ったのか、敵の温情どころか、親の関心さえ惹(ひ)きつけられない、かわいそうな赤ちゃんがいる。書くのもおぞましいことだが、虐待のニュースは後を絶(た)たない。

人には、母性という本能があり、弱者を守ろうとする理性があるはずだと思うのだが、世の中には、「母」であることよりも、「女」であることや、自分が「子ども」のままでいることを優先する人がいる。

ようやく首が据わったばかりの乳呑み児を、バスの座席にひとり座らせ、隣の席で延々と化粧をする若い母親を見たことがある。赤ちゃんの顔よりも、鏡のなかの自分に夢中なのだ。抱いていないと、バスが急ブレーキをかけたら、赤ちゃんは体ごと宙に飛んでしまう。そう忠告したら、余計なお世話とばかり、ぎろりと睨まれた。私は気が気でなく、通路に立って、いつでも手を出せるように構えていたが、化粧が終わったと思ったら、今度は携帯電話をいじって、通販のお洋服選びが始まった。

四十分あまりの道のり、ついに、その母親は一度もわが子のほうを見なかった。赤ん坊もまた、それが日常になっているのか、前を向いたまま泣きもしない。とうとう最後は、携帯電話を子どもに握らせ、母親は眠り込んでしまった。こんな親が増えたら、そのうち、赤ちゃんをあやす「いないいないバア」機能付きケータイが売り出されるのでは、と危ぶまれる。

こんな例は極端だとしても、最近は、顔と顔とを合わせて語りかけをする親を見かけることが少なくなった。そのせいか、無表情な赤ん坊が増えたような気がする。

赤ちゃんは、母親の顔色を見ながら、人との信頼関係を学ぶ。お母さんの笑った顔、困った顔、怒った顔。さまざまな生きた表情は、喜怒哀楽のお手本としてインプットされる。

昔は、乳母車の赤ちゃんは、車を押すお母さんのほうに顔を向けて寝かされていたが、いまの折り畳み式ベビーカーの多くは、お母さんに背を向けて座るようになっている。新しく便利なものは、親が動きやすいようにつくられていて、赤ちゃんは親の顔を見ることができない。

また、子どもは、母親の語りかけを聞きながら、言語体系を身につける。泣かれたら面倒だからと、テレビを流しっぱなしにするのは、同じ日本語のヒアリングでも、「言語活動」としてはまったくの別物である。赤ちゃんの反応に従って双方向的に語られる親の言葉は、状況と重ね合わせて「表現法」として吸収されるが、不特定多数に向けられた一方向的な放送は、赤ん坊にとっては単なる「音」でしかない。

さらに驚くべきは、食卓の風景である。朝はスナック菓子、昼はレトルト、夜は具のないインスタント焼きそばで、フライパンや鍋のまま出される。家族バラバラのメニューもめずらしくなく、「好きな物を食べる」と言えば聞こえがいいが、嫌いなものは一切（いっさい）食べない。こうして、子どもの四人に一人が肥満になり、飽食の時代に栄養失調の子まで現れた。キレやすいのも、カルシウム不足が一因ともいわれ、学校が「食育」に乗り出す始末である。

同じメニューでも、商売人のつくった規格品と、母親の手料理は違う。お母さんの味は、その日の機嫌（きげん）や体調によって微妙に変化するのだ。毎日おいしいに越したことはないが、ときどき薄かったり塩辛かったりする。じつは、その揺れ幅が、舌に繊細な味覚をつくるという。

つまり、視覚・聴覚・味覚を問わず、すべての感覚は、親によって描（か）き込まれていくものなのである。母親は絵の具で、赤ちゃんの真っ白な画布（カンバス）に毎日さまざまな色を塗っているのだと考えれば、顔も合わせず、言葉もかけず、ファストフードやレトルトで育った子どもたちは、ずっとモノクロの世界で生きていくということになる。

私はいま、母親を中心に書いたが、それが父親でも、もちろん同じことである。男親にしか描（えが）けない色彩やタッチもあるはずで、「子育てはお前に任せた」などと知らん顔をせずに、子どもの未来図に奥行きをつくってほしい。

ところで、「かわいい」と訳せる古語には、「うつくし」と「らうたし」の二語がある。

「うつくし」の「うつく」は、「慈（いつく）しむ」の「いつく」と同根で、もとは、自分より「弱い者」や「幼い者」を愛しがる気持ち、そこから、「形の小さいもの」全般に使われるようになった。

だから、同じ「うつくしきもの」の章段には、次のような描写がある。

人形遊びの道具類。蓮の浮き葉のとても小さいのを、池から取り上げて見るの。葵の小さいのも、とてもかわいらしい。なんでもかんでも、小さいものは、みなかわいらしい。

現代女性が、小さなアクセサリーを見て、「カワイイ！」と叫ぶのと同じ感覚である。一方、「らうたし」は、「労甚し」がつづまってできた語で、弱い者を「労を厭わず守りたい」と思う気持ちを表す。いわゆる「目に入れても痛くないほどかわいい」という表現は、古語では「らうたし」に相当するだろう。

赤ちゃんは、見ているのと育てるのは大違いで、笑っていればかわいい天使だが、泣き喚くと手に負えない小悪魔になる。清少納言が描いた赤ん坊の「うつくしき」様子は、よその子を「まあ、かわいい」と覗き込んだのと同じで、第三者の視点に過ぎない。

だが、わが子となれば、そんな余裕はない。疲労も憎らしさも面倒くささも、すべてを綯い交ぜにした「かわいい」が親の感情で、実際のところ、毎日がストレスの連続だろう。

若いママやパパには、その悪戦苦闘の日々を、「らうたきもの」と題して、是非ともブログに書き残してもらいたい。写真もいいが、あなたの目に映った子どもの顔を、あなたの言葉で表現してみてはどうだろう。その育児日記は、清少納言のどの描写よりも活き活きと、親にしか書けない視点に満ちているだろうから。

わろきもの　流行(はや)り言葉を無自覚に使う前に

◆劣った感じのするもの

じつは、この章段は、出だしがもっと長くて、「男も女もよろづのことまさりてわろきもの」となっている本が多い。さらに諸説があって、「ふと心劣りとかするものは」がくっついている本もあれば、逆に、「わろきもの」で段を分ける本もある。細かいことはさておき、合成すれば、「急に幻滅を感じるもの、男でも女でもなににもまして劣った感じのするもの」を述べようというわけで、一体なにを「わろし」とするのか、清少納言の価値観がわかって興味深い。

劣った感じのするもの◆それは、会話に下品な言葉遣(づか)いをしていることだ。

ただ使う言葉ひとつで、不思議なことに、上品にも下品にもなるのは、どういうわけだろうか。

上品下品の基準を「言葉遣い」に置くあたり、さすがは文筆家である。では、どんな言葉遣いが下品なのか、平安時代の具体例を見てみると、

なにを言うにつけても、「そのことさせむとす」とか、「言はむとす」「なにとせむとす」と言うところを、その「と」という言葉を省いて、ただ「言はむずる」「里へ出でむずる」などと言うと、それだけで、ひどく劣った感じがする。まして、そんなふうに手紙に書いては、お話にもならない。

「むとす」は、「む＋と＋す」の三語からなる表現で、「しようとする」という意味なのだが、これがつづまって「むず」に一語化した。「と」が脱落したためだという。

これを読んで、すぐに思い出すのは、現代の「ら」抜き言葉である。「見られる」「起きられる」と言うべきところ、いまの若者は、「ら」を省いて、「見れる」「起きれる」と言う。

この言葉の乱れを憂いて、数年前に、テレビや新聞が盛んに取り上げたものだが、あの騒ぎはどこへ行ったのか。いまやアナウンサーや司会者までが平気で使い、ご丁寧にテロップにまでそのまま書かれている。

そういえば、私が学生のころは、「全然」が槍玉に挙がった。「全然うまい」とか「全然いけてる」などと、否定語を伴わずに使い始めたためだ。「若者の『全然』の使い方は、全然なっていない」などと、評論家がオヤジギャグのようなコメントをしていたのを思い出す。

これについては、おもしろい小噺もあった。小学生のA子ちゃんと母親とおばあちゃん三人の、ある日のお茶の間の会話である。

A子「ねえ、お母さん。このお菓子、全然おいしい！」

母　「A子ちゃん、『全然』はね、『全然おいしくない』っていうふうに使うのよ。その言い方は、とてもおかしいわ」

祖母「母さんや、『とても』はね、『とても理解できない』と使うのだよ！」

だれが創ったか知らないが、なかなかよくできたオチである。

つまり、A子ちゃんの言葉遣いに母親が、母親のそれに祖母が、「正しい言葉遣いではない」と感じているのだが、このような言語の変遷はいつの世にも見られる。はじめは違和感を覚えて俗語とされたものも、それが大勢を占めるにつれ、市民権を得ることになる。だから、専門家のあいだでも、正しく使うべきだとする厳格派と、言葉とはそういうものだとする容認派に、意見は必ず分かれる。

先日も、新聞を見ていたら、言葉の変遷を賛否ふたつのグループに分かれて議論する番組が、テレビ欄に大きく取り上げられていた。新聞紙評によると、「全然＋肯定形」は志賀直哉や夏目漱石も使ったし、「エロい」は八十年前にも「エロ１００％」と使われたのだとか。二葉亭四迷が口語体で小説を書いたのも「伝えたい一心」だったとして、「言葉の乱れ」と捉えずに、「新しい価値観の表現」と考える、番組の趣旨を紹介していた。これを見る限り、番組は容認派もしくは中立の視点でつくられていると思われる。

残念ながら、私は、番組そのものは見ていない。だから、それ自体を批評するものではないが、つい数年前まで、「若者言葉が目に余る」と騒いでいたマスコミが、急に論調を変え、「容認」どころか、「斬新」として持ち上げる傾向にあるのは、どうしたことだろう。誤用をいちいち咎めるのは「言葉狩り」だなどと逆に集中砲火を浴びせる始末で、その決めつけのほうがよほど恐ろしい「魔女狩り」ではないかと、この状況を密かに案じてもいる。

私自身は、どう考えているかというと、厳格派と容認派の両方が同時に働くことが重要で、その引っ張り合いが答えを出すと思っている。

言葉は、時代という川の流れに乗って移り行くものであるから、その変化は止(とど)めようもないが、正そうとする言語論はあってしかるべきで、要は、堰(せ)き止めようとしても止(や)むなく流れて行く勢いのある言葉だけが、次の時代の湊(みなと)に碇(いかり)を下ろすだろう、と考えている。

それを、治水灌漑(ちすいかんがい)もせずに流し放題にするのは、いかがなものだろう。一夜にしてネットで情報が塗り変わる時代なのだ。検証する力が働かなければ、濫用(らんよう)の大洪水が起きる。

おそらく、マスコミも、流れを加速させる意図はなく、その時々の劣勢に味方して旗振りをしようということであろう。右が勝れば左を、左が盛り返せば右を、そうすることで中立公平を保っているつもりなのかもしれない。

だが、川は必ず上流から下流に向かう。大衆文化が易きに流れるものだということは、心得ておきたい。つまり、はじめから、引力のバランスは平等ではない。流行り言葉は、旗など振らなくても、勝手に勢いづくのだ。だから、軸足は、やはり「原理原則」に置いておくべきだろう。放送も活字も「言葉」を媒体とする仕事なのだ。プロが、川下に向かって万歳（ばんざい）するのは、それこそ「劣った感じ」がすると思うのだが、私の偏見だろうか。

志賀直哉や夏目漱石が使った「全然」の用例を、私は知らない。だが、文学者とは、時代の先端を流れるものを素早く捉えて書くのが仕事である。

一九五〇年代、アメリカの十代（ティーンエイジャー）の卑俗な「若者ことば」を使ったことで耳目（じもく）を引いた『ライ麦畑でつかまえて』は、多くの青少年の熱狂的な支持を受け、不朽（ふきゅう）のベストセラーになった。私も大好きな一冊である。だが、サリンジャーは、このときすでに三十二歳。描（えが）きたい世界を表現するのに最適の「文学的な道具」として俗語（スラング）を用いただけで、それが作者自身の日常用語であるはずはない。

男文字である漢文が主流だった平安時代に「ひらがな」を使った紀貫之（きのつらゆき）も、文語で書くのが常識だった明治初期に「口語」で書いた二葉亭四迷も、既存の価値観を壊して新たなものを生み出したには違いないが、それは「芸術」の持つ宿命というべきものである。自分に向けては創作能力の「試み」、社会に向けては一石の「投げかけ」に過ぎなかったはずで、紀貫之の意図が、のちの「ひらがな女流文学」の門戸（もんこ）を開くことにあったとは思われないし、二葉亭四迷らの試みが「言文一致運動」に発展したのも、時代の検証に耐え得る文学作品だったからだ。

つまり、文学者が使った事例があることを根拠に、言葉そのものが認知されるという論法は当たらない。すばらしいのは、言葉そのものではなく、それを使ってなにを伝えるかという内容や手法に拠る。文人が、独自の感性によって俗人の表現を拾い上げ、作品として昇華したのであって、猫や杓子の使った日本語を正当化するために、稀有な才能の用例を引き合いに出すのは、本末転倒の話である。

> 下品な言葉も、みっともない言葉も、そうと知りながら、わざと言ったのは、悪くもない。しかし、自分の癖になった言葉として、身についてしまって言うのが、幻滅を覚えるのだ。

清少納言は、迂闊に迎合して旗を振ることはしない。その冷静なジャーナリズムに、私は賛成である。

ところで、私は「古典」の教師であるが、そもそも「古典」とはなにかというと、先の言文一致運動によって口語体で書く習慣が進み、その結果、明治以前の「奈良・

平安から江戸時代」の文語文が読めなくなったために生まれた学問である。ということは、言葉が変化するほど、「古典文法」の領域はどんどん膨らんでいく。それが、のちの受験生を泣かせると思うと忍びない。だから、私は、今日も教壇で孤軍奮闘する。生徒を寝かせないための俗な若者ジョークを駆使しつつ、「a音＋る」「a音以外＋らる」と黒板に書いて、私は「ら」抜きを許さない！

したり顔なるもの
◆得意顔なもの
にわか成金の見苦しさとは

大成功を収めて得意満面の人物には、さまざまな欲望が纏いつく。

得意顔なもの◆除目に、その年の第一等の国を自分のものとした人が、人がお祝いなどを言って、「たいへん見事に就任なさいましたね」などと言う返事に、「いや、なんの。とんでもなく疲弊しております国だそうですから」などと言うのも、得意顔である。

＊除目＝大臣以外の官職の任命式。ここは、地方官を任命する「春の除目」。中央官職を任命する「秋

の除目」もある

「国を自分のものとした人」とは、現代の都道府県知事に当たる地方国の長官、いわゆる「受領」である。中流階級の貴族は、中央官庁の下っ端役人でいるより、地方でもよいから一国の主になりたがった。徴税権により財力を蓄えることができるからである。「とんでもなく疲弊した国」という口ぶりに、かえって、がっぽり儲けられそうな舌なめずりが窺える。

だから、「除目」が近づくと、たいへんな騒ぎになる。大国・上国・中国・下国合わせて六十八カ国のうち、任期四年の切れる国が毎年いくつか出るのだが、そこに多くの志願者が殺到する。選に漏れると、向こう四年間の失業生活が待っているのだ。だから、選挙活動よろしく、伝の限りを尽くして、中央に自分の存在を訴える。そうして、一族ならず、遠縁や知人、使用人まで集まって、除目の日を迎えるのだ。

その当落の悲喜こもごもが、『枕草子』にはたくさん描かれている。

除目に官職を得ない人の家、これは興ざめだ。今年は間違いないと聞いて、以前仕えていた連中で、あちこちよそで働いていた者や、片田舎に引っ込んでいた者たちなど、みなこの家に集まって来て、出入りする訪問客の牛車（ぎっしゃ）の轅（ながえ）も隙間（すきま）がないくらいに見え、本人が任官祈願の物詣（ものもうで）をする、そのお供（とも）にもわれもわれもと争ってつき従い、景気づけにご馳走（ちそう）を食べ酒を飲んでどんちゃん騒ぎをしていたのに、任官の詮議が終わる夜明け方まで、吉報を知らせる使者が門を叩く音もしない。……翌朝になると、あれだけ詰めかけていた連中も、次第にひとりふたりと、こそこそとすべるように帰ってしまう。長年仕えている老朽（ろうきゅう）の者で、そうそう簡単に離れ去るわけにもいかない者は、来年欠員が出そうな国々を、指折り数えなどして、のそのそ歩きまわっている、その姿もとても気の毒で、興ざめに見える。

＊轅＝牛車の前方に長く突き出した二本の長い柄（え）。その先に軛（くびき）をつけて牛に引かせる

こんなにたくさんの関係者が集まるということは、それに見合うだけの「おこぼれ」に与（あずか）れるという計算だろう。現代の選挙事務所の光景に通じるものもあるが、それよりも、大成功を収めたバブリーなベンチャー起業家の「その後」を見る思いがする。

ライブドアの堀江貴文（たかふみ）氏、村上ファンドの村上世彰（よしあき）氏、最大手だった英会話学校の

猿橋望氏など、時代の寵児と言われた成功者のそばには、絶えず多くの取り巻きがいた。「金」と「知名度」の旨味を吸い取ろうとしたのは、近しい人々だけではない。マスコミも政治家も個人投資家たちも一斉に群がった。

それがいまはどうだろう。はじめから関わりなど一切なかったような顔をして、忘れ去っている。

思えば、当のご本人たちも、絶頂期は得意気だった。嘘でも「なに、それほど儲かりゃしませんよ」と言っておけばよいものを、「金を儲けてなにが悪い」と豪語するありさまで、聞きようによっては「商才のないてめぇの無能を恨め」と言い放っているようにも受け取れた。

そして、揃いも揃って、豪邸・豪遊の贅沢三昧だ。税金で取られるくらいなら使っちゃえという発想なのだろうが、あまりに即物的で、かえってご本人の品性を貶めたと思う。

見た目にいやしい感じのするもの……布屏風の新しいの。古くなって汚れたのは、端からそういう話にもならない物で、かえって目にも留まらない。新調して、桜の花などを満開に咲かせて、胡粉や朱砂などで色を塗りたくった絵が描いてあるの。

＊胡粉＝貝殻を焼いてつくった白い粉。白絵の具に用いる　朱砂＝深紅色の鉱石。赤絵の具に用いる

趣味の問題だからどうこう言っても仕方がないが、どうしてにわかにお金持ちになった人というのは、ごてごてしたインテリアが好きなのだろう。

知人に芦屋の旧家のおぼっちゃまがいて、そのお宅にお邪魔したことがあるが、調度品も絵画も、おそらくは目眩がするほど高価な物ばかりなのだろうが、ひとつひとつが自己主張することなく、ひっそりと上品な落ち着きを醸していた。

代々の名家とはそうしたものなのだろうと思う。だが、急に成り上がると、持ち物すべてに高価な値札を貼って見せたくなるのだろうか、あからさまにぎらぎらした物を持ちたがる。「成り金趣味」とはよく言ったものだ。

まあ、われわれ庶民にはどのみち関係がない話だと思っていたら、清少納言は、もっと手厳しい意見を突きつける。大成功どころか、「小成」に満足した者が、低級な住まいの主顔をしているのこそ、はなはだ見苦しいというのである。

どこそこの国の権の守などという人が、板葺の狭い家を持っていて、すっかり檜垣を新しくして、車庫に車を目立つように立て、その前近くに小さな木を植えて、それに牛をつないで草などを与えさせている図は、たいそうみっともない。

庭をせっせと掃き清め、紫の革紐をつけた伊予簾を掛けわたし、布障子などを張って住まっている。夜には、「門をしっかり閉めろ」などと指図しているのは、まったく将来性がなくて、気に食わない。

＊権の守＝臨時の国守　檜垣＝檜の薄板を編んだ、貧しい垣根　伊予簾＝粗末な簾　布障子＝布を張った襖

まだ正式の国守にもなれない下級役人が、すべて格安商品で固めた縮小サイズの「邸宅もどき」に、一端の上流気取りで住まう様子である。

こんなふうに言われると、私も思わず小さなわが家に目を走らせずにはいられないが、清少納言が言いたかったのは、寸法ではなく、「偽ブランド」の浅ましさだろう。ブランドは本物だから意味があるのであって、偽物なら持たないほうが品がよい。上

流階級のまねをして喜んでいること自体が小物（こもの）の証拠で、だから清少納言に「将来性がない」などと言われてしまうのだ。

では、どうすればよいのか。

> 自分の親の家とか、舅（しゅうと）の家はもちろん、叔父（おじ）や兄などが住まない家、あるいは、そうした適当な身寄りがない人なら、たまたま親しく知っている受領が任国に赴任（ふにん）していてむだに空いている家とか、さもなければ、院や宮様たちのお邸（やしき）で、家屋（かおく）がたくさんある所とか、そうした所に借家住まいをして、よい官職に就（つ）くのを待ち得てのちに、おもむろに、きちんとしたよい家を探し出して住んでいるのこそよいのだ。

そのときそのときの「身の丈（たけ）」に合った生活をする。それが本来だということは、バブル崩壊を経験した日本人はみな思い知った。売れると信じて高い住宅ローンを組み、外車に乗り、せっせと株を買って、みな金持ち気分だった。だが、すべては借金である。清少納言のように、じっくりと居（きょ）を構える姿勢でいれば、バブルもサブプライム問題も起きなかっただろう。

が、一方で、人には夢というものも必要である。あまりに無欲なのも上昇志向を失う。

そういえば、自伝『成りあがり』を書いた矢沢永吉（やざわえいきち）が、こんなことを言っていた。

——オレはお金がほしかった。お金があれば、「したくない」ことをせずにすむ。

「したくない」こととは、信条として良しとしないことという意味だろう。札束で頬（ほお）を張られる屈辱を経験したことのある人の発言である。自分の心を安売りしないために、お金を稼ぐ。この気概が、彼を大物にした。

こうして、無名のロックシンガーは、持ち物ではなく、自分自身を「ブランド」に仕立て上げたのだ。お金で買い取るべきものは、妥協（だきょう）しない「みずからの精神」というわけである。

かたはらいたきもの

◆いたたまれないもの

上司よ、酔余（すいよ）の醜態（しゅうたい）にご用心

現代女性が、男性に対して、生理的な不快感を覚えるワースト5は、「1．半笑い」「2．偉そうな態度」「3．髪の毛の扱い」「4．だらしない服装」「5．飲み食いの行

儀の悪さ」だそうだ。第三位の「髪の毛」は、「だらしのない」場合と「やたら気にする」場合の両極を含む。「気にする」ほうは、努力では解決しない繊細な問題も含まれるので、多少は考慮してあげたい気もするが、それ以外は、男性も反論の余地はないだろう。

そして、このワースト5のすべてが合体して現れる、女性にとっては最悪の事態が「酔っ払い」だ。へらへらと薄笑いを浮かべ、偉そうに説教を垂れ、髪はぐしゃぐしゃ、服はよれよれ、緩んだ口許で飲み食いする汚らしさといったら、ふだんは立派な紳士でも、この無様を見せられたら一気に軽蔑に転じてしまう。ましてや、それが、最愛の夫や恋人なら、まるで自分の不始末のように、身が細る思いがする。

> いたたまれないもの◆自分の愛している男が、ひどく酔っ払って偉そうにふるまって、同じことを繰り返ししゃべるの。

「傍ら痛し」は、この漢字のとおり、そばで見たり聞いたりして心痛む状況を言い、「見苦しい」「聞き苦しい」「はらはらする」などと訳す。不安感や不快感に加え、口出しできない苛立ちも含む。

そうなのだ、酔っ払いには意見ができない。「やめてよ」などと言おうものなら、むすっと不機嫌になって、事態はますます悪化する。だから、はじめは、こちらも笑ってすまそうとするのだが、これがなかなかしつこい。同じことを何度も何度も大声で言い、おまけに、いちいち相槌を要求するのだ。そのくどさに閉口して、生返事で応じたりすると、今度は語気を荒らげて絡み始める。

先の章段は、酔っ払いが「愛する人」だから、まだしも表現があっさりしているが、これが赤の他人となると、「かたはらいたきもの」は、一気に「にくきもの」に硬化する。

にくきもの……酒を飲んで喚きたて、口のなかを指でせせり、鬚のある人はそれを撫でまわし、盃を他の人に受けさせるときの様子は、ひどくにくらしい。「もう一杯飲め」と言うのであろう、身体をゆすり、頭を振って、おまけに唇をへの字に引き垂らして、まるで子どもたちが俗謡を謡うときのような顔つきをする。それが、よりにもよって、れっきとした身分のお方がなさるのだから、それを見るのは本当に嫌なものである。

「子どもたちが俗謡を謡うときのような顔つき」とはどういう表情なのか、具体的には不明だが、要は「悦に入ったバカ面」と言いたいのだろう。引き合いにされた「子どもたち」には気の毒だが、酔い痴れた本人だけがご満悦の様子なのには違いない。

現代でも、このような醜態を晒すのは、たいてい「れっきとした方々」である。

心のどこかに驕りがあって、自分だけはなにをしても許されるとうぬぼれているのか。それとも、いつも渋面をつくって偉く見せている、その反動で、つい本性が顔を覗かせるのか。あるいは、バカをやって見せることで、下々の日ごろの恨みを愛想よくかわしたつもりなのか。おそらくは、そのすべてだろう。

「れっきとしている」ことは、案外、孤独なのかもしれない。ふだんは、潜在意識のなかに閉じ込め、うまく飼い馴らしているつもりの、「憂さ」という複雑怪奇な魔物が、美酒をあおった途端に、呪文が解けたように巨大化し、大暴れを始めるのだ。

お酒は、また、その人の劣等感を見事に映し出す鏡でもある。

もてない奴ほど、やたらと「イイ男」を演じ、女の子をたくさんはべらせて、「君たちも飲みなよ」などと気取っている。高級なブランデーをグラスのなかでまわしてみたり、似合わぬ葉巻を燻らせてみたり。「ステキ！」などと仰いだふりの女の子の目には、彼が「万札」にしか見えていないのだが、お金で買う「モテぶり」でも気分はよいのだろう。

それはまだ、さして実害がないからいいとしても、お金がないのか、恥の概念がないのか、あからさまな「お触り」行動に出るオヤジたちもいて、これは無関係な私でも、ピピッーと笛を鳴らしてレッドカードを出したくなる。

あるいは、学歴などに劣等感があるのか、専門職の人を相手に、知識で喧嘩を売る人もいる。門外漢が、飲み屋で学識競争に勝ったところで、なにがおもしろいのだろう。また、仕事に自信のない人ほど説教が高圧的だし、日ごろ無口な人に限って暴言を吐く。

まったく、相手をするには始末におえない面々で、だから、あんなに薄めた黄金色の液体が、カウンターに並んだ途端に、目を剝くほど高くなるのだ。

私も、お酒はいける口だが、醜態を晒してまで飲みたいなどと思ったことがない。へべれけに酔って、辺りに迷惑を撒き散らす男性の心理は、女にはさっぱりわからないものなのだ。

若者の多くも、女性と同じ感想を抱いている。彼らだって、同級生と飲むときにはバカ騒ぎをするが、さすがに、職場の宴会では羽目をはずすわけにもいかない。部下が自己抑制している前で、上司が興に乗じて度を過ごすのは、感心した図ではない。

酒場で見せられた上司のザマが、部下の敬意を殺ぐことはままあるのだ。

そのせいで、一時期、上司の酒の誘いを断る若者が増えていた。「商談は酒の席で成立する」とか「上司の本音を学ぶ機会」などという日本古来の職業理念（?!）を、彼らは鼻であしらった。それは、素面で勝負できない者の、とってつけた屁理屈だというわけである。

ところが、その若者が、ここ二、三年で態度を改めた。「上司とのコミュニケーションの手段」の第一位に、「メール」を押しのけて、95パーセントの新入社員が「宴会」を挙げたのだ。「おっ、やっとわかったか」と早合点してはいけない。彼らは、この就職難に縮み上がっていて、末永く同じ会社にいたいという心境になっている。その終身の安定のために、上司に睨まれまいと怯えているだけなのだ。

だからこそ、宴会はスマートにお願いしたい。

「今夜は無礼講！」というのは、もてなす者の発言で、日ごろ小さくなっている部下のためにこそ解禁されるべきものを、言った本人がベロベロになって世話をかけたのでは話にならない。お酒には、ほろ酔いでお互いが胸襟を開くという効用もあるわけで、せっかく開いた信頼の扉が、泥酔によって固く閉ざされることのないように、いまこそ、若者に「本物の大人の嗜み」というものを見せてやっていただきたい。

バカ騒ぎは、昔なじみの同級生などと、プライベートで楽しもう。自分の醜態を「見せても許される相手」か、「見せてはならない相手」か、場の空気を判別するだけの理性は、「乾杯!」のご発声の前に、じゅうぶんに働かせておいていただきたいものである。

言ひにくきもの

◆言いにくいもの

わが子の〝不始末〟を始末できない親

言いにくいもの ◆ 成人している子の、思いがけないことを聞きつけたのは、子どもを前に置いては言いにくいものだ。

「思いがけないこと」とは、恋愛の不始末かなにかであろう。平安時代のことだから、この手のことで問題を起こすのは「男性」である。他人でも、いい大人に向かって、面と意見はしにくいものだが、まして、わが息子となれば、親のほうが照れてしまって、物が言えないのはよくわかる。

ところが、昨今は、おかしな現象が増えている。大人も大人、四十・五十を超えた中年男の不倫騒動の後始末に、妻が出てくる、親が出てくる。なにかとよろず相談を受けるタイプの私は、幾度か、そういう場に立ち会わされたことがある。もちろん、孤立無援の女性サイドの、いわば、ことの顚末（てんまつ）を見届ける証人のような立場である。

このタイプの男性には共通点があって、「知性」を売りにしている職業の人が多い。医者とか教師とか公務員とか、「正しくて物わかりのよい人種」として生きてきた人たちである。

自分が悪者になることはあってはならないのだろう。そのせいで、あっちにもこっちにも「いい顔」をしてしまう。

妻には大いに不満を持っているが、家事・育児・世間づき合いなど、家庭生活の全般を依存している手前、文句の言える立場になく、離婚を言い出す勇気はない。

そのくせ、愛人には、いかに悲惨（ひさん）な結婚生活であるかを滔々（とうとう）と語り、妻のことを「死んでくれたらよいのに」とまで嫌悪して見せる。下劣（げれつ）な男ではないと思わせたいのか、できもしない約束を自分から口にし、すっかり愛人をその気にさせるのだ。

ところが、何年経っても優柔不断（ゆうじゅうふだん）にごまかすだけで、行動に移す気配もない。遊ばれたとは思いたくない愛人は、ますます真剣に決断を迫（せま）る。もとから自己矛盾を抱えた男なのだ。問い詰められれば、答えに窮するのは必然である。

> 苦しそうなもの……愛する女をふたり持って、両方から恨まれ、嫉妬される男。

一夫多妻の平安時代でさえ、男は女の悋気に耐えたのだ。ましてや、一夫一婦制の現代に、いつまで平和な二重生活が続けられると踏んでいたのか。修羅場を乗り切る覚悟もない小心者が、ふたりの女性を相手にすること自体が、そもそも不心得と言わざるを得ない。

どうせ最後は卑怯に逃げるのなら、いっそ悪者になりきって、愛人の罵詈雑言を正面から受け止めればよいものを、この種の男性は、いつも自分を被害者に仕立てなければ気がすまないらしい。浮気をしたのが「ふてぶてしい妻のせい」なら、離婚しないのも「とげとげしい愛人のせい」というわけだ。そのくせ、一刀両断にすることもできず、相手の心に、二度三度の醜いためらい傷を残す。

ますます事態は悪化し、二進も三進も行かなくなる。そして、ついに妻や親が登場するのである。臆面もなく、なんと言って泣きつくのか不思議に思うが、嵌められたのは自分で、愛人が執拗なストーカーであるかのように作文し、「迷惑だが、かわいそうで我慢してきた」「もう自分の説得では聞かない」などと訴えたものらしい。まったく、こんな幼児性の塊みたいな男に、みながふりまわされる滑稽を想像してみていただきたい。愛人も、人さまのものを盗ろうというのだから、それなりの制裁を受けるのはしかたがないとしても、自分だけ無罪放免を勝ち取ろうという男の魂胆が浅ましい。

そのお白州の場に、妻が立ち会うのは、一方の当事者なのだからまだしも理解しよう。親が出てきて加勢する意味がわからない。出てくるなら、妻に代わって、愛人に代わって、息子を叱りつけるというのが、仲裁の定石だろう。

相手は、二十代や三十代の女性ひとり。彼女は、親も弁護士も連れてはいない。「離婚して、君と結婚する」と言われたことをひたすら信じて、何年も待ち続けたのだ。息子がまっとうに謝罪できないなら、親が手厳しい鞭を与えるのを見せることで、「もういいです」と愛人に言わせ、彼女自身が温情を見せた形にしてやるのが、せめてもの思いやりではないか。

それを、老いた親が楯になって、息子をかばおうというのだから、あきれて話にならない。多勢に無勢ではあまりに心細かろうから、しかたがなく私が同席する。当事者ではないから、私は、原則として口は出さない。だが、第三者がひとりいるだけで、全員が、最低限の理性は取り戻す。さすがに、赤の他人の前では、大人の羞恥心が働くのだろう。

それでも、驚くべきは、そのときの男性の態度である。

妻が、親が、自分に代わって手厳しく彼女を責めるのを、ほっとした顔で見ているのだ。それどころか、ときに薄笑いで頷き、家族の意見に同意を示す。本来ならば、惨めを感じてしかるべき場で、首尾よく勝ち誇った表情をしているのが、人ごとながら腹立たしい。もとの鞘に収まるための、家族への機嫌取りなのか。だが、私の目には、そうは見えない。「ほらね、悪いのは、ボクではなくて、君なんだよ」とでも言いたげに、平然と愛人を見つめているのだ。

おそらく、彼は、幼いときから、ずっとそうして親の体の後ろにまわり、失敗や不始末の責任を人に擦りつけてきたのだろう。恥ずかしいとか、すまないという気持ちよりも、しめしめ難を逃れたという安堵のほうが、妙な成功体験として残ってしまったのかもしれない。

当然ながら、彼女は、屈辱と未練に唇を震わせ、その場に泣き崩れるが、帰り道、延々と私の「くだらない男」分析を聞かされ、すっかりしらけて涙も止まる。女は、相手を軽蔑すると、憑き物が落ちたように、すっくと立ち上がるものなのだ。

　家に帰って、バスタブにお湯を張り、ゆっくりとお風呂に入ることを勧める。涙で汚れた顔を洗い、洋服も着替えて、なにもかもを新しくする。

> 胸のどきどきするもの……髪を洗い、お化粧をして、薫りのよい香のしみた着物などを着たとき。そういうときは、別に見る人もいない所でも、自分の心のなかは、やはり心地よい気持ちになる。

報われない恋の呪縛が解けると、小さな幸せが細胞の隅々にまで行き渡る。死ぬの生きるのと思い詰めていたのが嘘のように、爽やかな顔で「あんな男と結婚しなくてよかった」と言う。そのとおり。だが、気の毒なことに、妻は、これから一生の地獄が始まる。

　無様な色恋沙汰は、いまや一般人だけではない。二〇一〇年、タイガー・ウッズは、妻が腕組みし、母親が泣きそうな顔で見守るなか、世界に向けて「セックス中毒」という奇妙な病名を発表した。長い謹慎ののち、名門マスターズでの復帰が決まったが、それに先駆け、全米でテレビコマーシャルが流された。神妙な顔をしたタイガーがモノクロで大映しになり、亡き父親の声が息子を懇々と諭すという不思議なCMで、確かこんな語りかけだった。

――タイガーよ、私は、なんでも知っておきたいし、言っておきたい。

あのとき、お前は、なにを考えていたのか。

いま、お前は、何を感じているのか。

そして、お前は、なにを学んだのか。

長年のスポンサーだったNIKE（ナイキ）が、過去のインタビュー記録から掘り起こした父親の音声を繋いで、編集制作したものらしい。おそらくは、危機管理に長けた専門家がプロデュースしたのだろう。ただ成人しているだけではない、一流のゴルファーとして世界的に有名な息子に対して、まさに、親が「言いにくい説教」を面と向かって垂れる構図を創ったのだ。そうすることで、世間の批判を鎮めたのである。

アメリカだろうと、日本だろうと、これが常識というものである。子どもが社会的ルールを踏み外したときは、親は叱ることで子どもを守るのだ。それを、まるで、わが子だけは治外法権と言わんばかりに囲い込んで、社会的な制裁から免れさせるというのは、どういう料簡なのか。この親にして、この息子ができたのであろうが、その幼稚な男が、すでに人の子の親であることを考えると、そら恐ろしい限りである。

三章

磨く

〝意固地〟になったまま、足踏みしていませんか

清少納言は真のエリートが好きだった。要領よく立ちまわって「財」を得るタイプではなく、ストレスと多忙に耐えて「実力」をつけるタイプを好んだ。

彼女自身も権謀術数うずまく宮廷で、機知や教養を武器に職業人として、人間として、プロの高みに立つべく鍛錬を積んだのだ。

〝嘆き〟のなかに埋没したり、〝ラク〟に流されて生きたりすることをよしとしなかった人の美意識が、ここにある。

めでたきもの

◆すばらしいもの

「抜け道」を当然に思う恐ろしさ

祝い言葉の「おめでたい」ではない。古語の「めでたし」は、「愛で甚し」がつづまったもので、賞賛すべき様子をいい、「すばらしい」「立派だ」などと訳す。中流階級の出自の清少納言が、夢のような宮中生活のなかで、「すばらしい」と憧れたもの。それは、意外にも、出世の戸口に立ったばかりの男性の役職、「六位の蔵人」だった。

すばらしいもの◆六位の蔵人は、やはり立派である。身分の高い貴公子たちでも、めったに着ることがおできにならない綾織物を思いのままに着ている青色姿などは、とてもすばらしい。もとは蔵人所の職員で、並の身分の人の子どもなどであり、殿さま方の家で、四位五位の官職にある人の下座にかしこまって、目にもつかなかった者も、蔵人になってしまうと、なんともいえず驚くほどすばらしいものだ。

＊蔵人＝天皇の側近。日常生活に奉仕するほか、詔勅や儀式の事務も行なう。蔵人所には、別当一名、頭二名、五位の蔵人三名、六位の蔵人四名の役人と、所衆二十名、雑色八名の職員がいる　綾織物＝綾は、六位以下は禁制であるが、六位の蔵人は着用を許された　青色姿＝天皇のみが着用できた渋い緑色の袍を、六位の蔵人が賜わって着用した姿

一千年前の宮廷を、いまの政界になぞらえることには無理があるが、イメージをつかんでいただくために、以下、荒っぽい解説をお許し願いたい。

　現在の「内閣」に相当する大臣級の議決機関を構成したのが、一位から三位の「上達部」で、読んで字のごとく、最上流貴族に属する人たちである。別名「公卿」とも呼ばれた。

　これに次ぐのが、「事務方の上級官僚」に当たる四位・五位の上流貴族で、清涼殿にある「殿上の間」に入ることを許されたので、「殿上人」と呼ぶ。清涼殿は天皇の常の御座所だから、殿上の間に入る、すなわち「昇殿」は名誉なことで、別名を「雲の上人」ともいった。

　逆に、昇殿の許されない六位以下を、「地下」という。地下には、地方国の長官も含まれる。任国の大小や、出向するか代理を派遣するかにより、「国守」「国司」「受領」などと微妙に呼称が異なるが、細かいことはさておき、現在の都道府県知事に相

当する。

昇殿できるかどうか、つまり「五位」という位階が、「雲の上の人」になれるか「地に埋もれる人」になるかの境目である。その差は、現在の「キャリア」と「ノンキャリ」どころではない。文字どおり、「天」と「地」ほども違うのだ。

ところが、「六位でありながら五位の扱いを受ける」という、例外的な役職があった。それが「六位の蔵人」である。天皇のお側近くに仕え、食事の給仕や雑事を仰せつかった。本来なら許されない殿上の間に入り、六位以下には禁制のはずの衣装を身につけ、天皇ご着用の袍を賜って着ることまであったというから、身に余る名誉な職務である。

清少納言が、なぜ最上流貴族や上流貴族ではなく、この「六位の蔵人」を「めでたし」と賞賛したのか。それが、「地」から「天」に昇る、唯一の「登竜門」だったからである。

作者は、この続きに、「天皇がお側近くお使いあそばす様子などを見るのは、しゃくにさわるようにさえ感じられる」とまで書いて、わがことのように悔しがり羨ましがる。推察するに、自分がもし男だったらと考えたに違いない。「六位の蔵人」の任期六年を終えて、首尾よく「五位の蔵人」に昇進すれば、正真正銘のエリートである。

この絶好のチャンスが手中にある、その将来性こそが「すばらしい」のである。

ところが、この出世のキップを、むざむざと捨てる不届き者がいた。任期を終え、「五位」の位階はちゃっかり頂戴するが、中央政界から退いて、地方国長官の「受領」になりたがるのである。なかには、空きがあれば、任期を待たずに飛びつく輩もいたという。

これには訳がある。「五位の蔵人」の椅子は三つしかなく、「狭き門」なのだ。また、天皇の側近とは表向きは名誉であるが、失敗の許されない緊張の日々である。そんな重責に耐えるより、受領になったほうが、徴税権によって財力を蓄えられる。しかも、受領の任期は四年。順当に位階が上がれば、勤続六年の蔵人よりも、出世のスピードを短縮できるのだ。

「そっちの水は苦いぞ、こっちの水は甘いぞ」というわけで、「名誉」よりも「実利」を取った。いわゆる、出世の「抜け道」である。

これが、清少納言には許せない。エリートの誉れを失った、出世欲の浅ましさよ。

六年の任期の満ちる時期が来て、叙爵して殿上の間勤めを退くときが近くなることでさえ、命よりも惜しく思われるはずなのに、近ごろは諸国の受領の臨時の空きを申請して、あたふたとしているのがひどく残念だ。昔の六位の蔵人は、退職する年の春からもう泣き出さんばかりに悲しんだものなのに、当世の蔵人は、目の前の世事にかまけてわれがちにと競争して殿上を去り、受領になるとかいうから、あきれたことだ。

＊叙爵＝五位に叙せられること　殿上の間勤めを退く＝蔵人は六位でも昇殿できるが、蔵人を辞すると昇殿できない

女がこうした意見を述べると、殿方は「それは理想だよ。君たちは社会の現実を知らないから」とよくおっしゃる。出世には、「要領のよさ」が必要だと。そうかもしれない。いや、たぶん、そうなのだろう。だが、それは、社会の荒波に揉まれ、あっちで頭をぶつけ、こっちで足をすくわれなどした、中年男の言うセリフである。

話題の「六位の蔵人」は、人にもよるが、早ければ十四歳くらいで就く役職だった。平安時代の十四歳は、現代の十八歳くらい。私が予備校で預かる大学受験生と同じく、未知数の青少年だ。まだなにも始まらぬうちから、本道を逸れ、「正当な競争」を免れるための「姑息な競争」に走るのだ。そういう若者像とはいかがなものだろう。

いまの受験生にも、私は、同じ落胆を感じている。

「ゆとり教育」で骨抜きにされた最近の高校生は、「いかにしてラクに大学に入るか」という発想で進路を選ぶ。少子化による全入時代を迎え、生き残りをかけた大学は、あの手この手のサービス合戦だ。高校の成績で決まる「推薦入試」や、面接・討論・小論文などで判定する「AO（アドミッション・オフィス）入試」などの青田買い。さらには、「一科目受験」だ「一芸入試」だと科目負担を減らし、何度でも敗者復活できる「複数日程」まで用意している。

「推薦」と「AO」により、学科試験の網目を潜らずに合格した者の数は、私大では、ついに全合格者の五割にまで跳ね上がった。きちんと学力の備わった生徒なら、なにも問題はない。だが、早々に進学先が決まる彼らは、大半が、高校生活の残り期間を遊んで暮らす。つまり、どの科目も未完結のままに進学するわけで、最後まで勉強し続ける「一般入試組」と同一線上に置いてよいものか、疑問を感じる。

さすがに難関大学はどんな方式でも一定の水準を保っているが、なかには中学生にも劣る学力で合格させる大学もある。

英文科にいながら英和辞典が引けず、国文科にいながら年一冊の小説も読まない。物理のできない工学部生、分数・小数のわからない経済学部生もいる。医師や薬剤師の卵が、高校で生物も化学も履修していないなんて、恐ろしくて背筋が凍る。

これが「抜け道受験」でなくて、なんだというのか。まがりなりにも最高学府でありながら、節操のない商業主義に走り、大学がみずからの格を貶めて、どんな生き残りの構図を描いているのだろう。

そんなことを思っていたら、案の定、教授陣が悲鳴を上げた。「抜け道組」の大半が、大学の講義についていけないのだ。大慌てで、入学前の補習授業を設置したが、それが、数十時間にも及ぶ高校の学習内容だというから、開いた口が塞がらない。そうして四年後、無事に「大学卒」の資格を得たとして、彼らにどんなすばらしい将来が待っているというのか。

大学も、高校も、親たちも、「ラクして得られるもの」の危うさを、もういい加減に悟るべきである。ひと昔前の親は、「勉強しない者を大学に行かせる余裕はない！」とはっきり線を引いた。教師も、「勉強は自分のためにするものだ」と、結果よりも姿勢を重視した。一体いつから恥ずかしげもなく、大人が子どもに「抜け目なく生きる術」を伝授するようになったのか。手を抜いたツケは、いつかどこかで必ず本人に返るのに。

少年よ、大志を抱け！——クラーク博士のように、大人は、遥か地平の大空を指さす存在でありたい。若者の「すばらしさ」は、明日を見つめる眼差しの輝きにあるのであって、場違いな座に厚かましくも腰を据え、今日の安逸にあぐらをかく姿ではないはずだ。

つれづれなぐさむもの

意味もない無愛想は人を鬱屈させる

◆所在なさがやわらぐもの

よほど波乱の人生を歩んでもいない限り、日常生活というのは多分に単調なものである。その退屈さを表す古語が「つれづれ」で、「連れ連れ」の語源どおり、同じ状態が連続するさまをいう。なすこともなく満たされないもの寂しさ、とでもいうのだろうか。「退屈だ」「手持ち無沙汰だ」「所在ない」などと訳す。

大人も子どもも忙しい現代人だから、「なすこともなく」という時間の空白はないのかもしれないが、だらだらと仕事をし、ぐずぐずと勉強をしているのも、単調さという意味においては「つれづれ」である。新鮮味を失った飽和状態には、気分転換が必要だ。

くさくさした気分を、清少納言はこんなもので慰める。

所在なさがやわらぐもの◆物語。碁、双六。……果物。男の人で、冗談が言えて、話のうまいのが来たときには、物忌のときだって、家のなかへ入れてしまいたくなるよ。

＊果物＝果実・木の実などの間食用の食べ物。おやつや夜食　物忌＝陰陽道で日や方角が凶とされるときに、一定期間、外部との接触を絶ち、部屋に籠って心身を慎むこと

いまに置き換えれば、「小説。ゲーム。スイーツ。お笑い」ということになるだろうか。なかでも、「笑い」の効用については、医学的にも証明されているらしく、心身の健康によいことがわかっている。日常生活のなかに、笑い声が満ちていることは大切なことなのだ。

ところが、「日本男児は寡黙なもの」と教え込まれてきたのだろう、年配の男性は、職場で、家庭で、とかく無愛想な人が多い。「男は黙って」のつもりだろうが、それは、容貌が高倉健みたいに渋くて、仕事ぶりが黒澤明みたいに一級品であれば、の話である。

こちらもふつうのオバサンであることを差し引いても、ふつうのオッサンに意味も

なくムスッとされる理由はない。不機嫌な空気を吸わされるだけでも、女性にとっては一種のストレスになるわけで、妻が熟年離婚を望む背景には「夫との会話がない」ことが大きく影響している。

そんなことぐらいで離婚するのか、と夫は驚く。「話さなくてもわかる」というのが、夫婦の理想形だと信じてきたのだ。だが、妻は、「無言」という拷問にひたすら耐えてきた。日本の夫婦の平均的な会話時間が、一日のうち「数分」というのだから、国際比較をするまでもなくひどいレベルだ。「メシ、フロ、ネル」の基本三単語だけで過ごした妻の数十年を想像すれば、夫の定年退職を機に、鬱屈した気分にケリをつけたい気持ちはよくわかる。

若い女性は、そんな両親から、「口べタな夫との日常の退屈」を反面的に学んだのだろう。いまや、理想の結婚相手は、「話がおもしろい人」のほうが、「仕事ができる人」よりも、上位に来る。なぜ、旬の女優や女性歌手が、揃いも揃って「お笑い芸人」を恋人や夫に選ぶのか。おそらく、彼らは話題が豊富で、よく笑わせてくれるのだ。それがいつまで続くかはともかく、「話がはずむ」ということは、人が胸襟を開く重要な要素である。

『枕草子』には、ジョークのうまい殿方がたくさん登場する。

藤原行成もそのひとりで、彼は清少納言のお気に入りだ。

あるとき、「行成様から」と言って、女官が、白い紙に包んだ物を持って来た。絵だろうかと思って、急いで受け取って見てみると、「餅餤」が二つ並べて包んである。餅餤は、鴨の卵と野菜を煮て餅のなかに入れ込み、四角に切ったもので、官吏昇進の儀式のときなどに、公卿にふるまわれる、菓子のようなものである。

まさに「高級スイーツ」が届いたわけで、それだけでもうれしいことだが、添えてある手紙がまた洒落ている。

添えてある立文には、解文のような書式で、

進上

餅餤一包

例に依りて進上 如件

別当少納言殿

とあって、月日を書き、署名は「美麻那成行」、その続きには、「この下部は、自身で参上しようとは思うのですが、昼は顔がみっともないと思って、参上しないのです」と、たいそう美しい筆蹟で書いていらっしゃる。

＊立文＝儀礼的な書状。白紙で縦に包み、上下を折る　解文＝役所に奉る公文書　別当＝長官。清少納言を上司に見立てた　美麻那成行＝「成行」は「行成」を倒置させたもので、「美麻那」の姓も含め、行成が戯(たわむ)れにつけた仮の名前

紹介が遅れたが、藤原行成は、このとき、頭(とう)の弁(べん)という四位の役職にあった。「頭の弁」とは、「蔵人の頭」と「大弁」を兼任していることを意味するのだが、いずれも「殿上人(てんじょうびと)」に属する役職である。清少納言よりも六歳年下の二十四歳。この若さで上流貴族の仲間入りを果たしているのだから、完全な出世コースに乗っている。

それに対して、清少納言は、頭がよいとはいえ、役職はたかが「中流女房」に過ぎない。それを、上司に見立てて「別当殿」と呼び、「美麻那成行」の偽名で部下になりすまし、公文書の形式で漢文体の書簡を送ってきたのである。先輩ＯＬが、年下のエリート男性社員に、「部チョウ！」と呼ばれたようなもので、清少納言としてはなかなか気分がよい。

さらに、部下なら「自分で持参する」のが筋ではあるが、直接会えない理由を、「顔が醜いので、昼間は参上しない」とお茶目に言い訳した。じつは、容貌が醜いことで有名な「葛城(かつらぎ)の神」をもじったジョークで、「昼は出ずに夜だけ働いた」という神話

伝説をベースにしている。当時、文化人には周知の故事で、清少納言の博識をくすぐってもいるわけだ。

その毛筆が、またすばらしい。それもそのはず、藤原行成といえば、小野道風・藤原佐理とともに「平安三蹟」と呼ばれた能筆家である。

加えて、「餅餤」は、白い紙に包んだうえ、見事に咲いた白梅の花の枝に付けられていた。

すべてに気配りの行き届いた、完璧なプレゼントである。

この趣向に、清少納言が興奮しないはずがない。

彼女は、工夫を凝らし、赤い薄様に、「自分で持って来ない下部は、ひどく『冷淡』に見えます」とだけ書いて、すばらしい紅梅に付けて、返事とした。

「白い紙」に対して「赤い紙」、「白梅」に対して「紅梅」、そして圧巻は、「餅餤＝ヘイダン」に対する「冷淡＝レイタン」のゴロ合わせである。「自分で来ないなんて冷たいわね」と拗ねてみせる様子も、男心をくすぐるではないか。

もちろん、行成は、すぐに飛んで来る。「下部です。下部が参上しております！」と、部下に成りきるセリフもちゃんと忘れない。

ふたりは、いつもこんな調子で、軽妙なジョークを交わし合う仲なのだ。

日本人は冗談がヘタだなんて、だれが決めたのだろう。『枕草子』には、笑いが満ち溢れていて、行成のほかにも、気の利いた会話を楽しめる殿方がたくさんいる。平安の宮廷は、社交界である。立ち居ふるまいと同様、会話にも趣味のよさが求められた。機知のない言葉は、人々の耳目を引かない。人望を集め、権力者の寵愛や重用を勝ち取るために、学識教養のすべてを傾けて、当意即妙の話術を磨くのだ。それが、貴族の嗜みであり、処世術でもあった。

われわれは庶民だから、ここまで高いレベルのジョークは難しいにしても、気分よく楽しい空間を演出するくらいの配慮は、現代の男性にもあってほしい。「愛想なんかしている暇はない！」とすぐにも反発を食らいそうだが、そうではない。みなが忙しく、ストレスの多い現代だからこそ、人間関係に「笑い」という緩衝材が必要なのだ。

苦虫を噛み潰したような渋面をつくり、それが権威だと思っていたら、大間違いである。不機嫌を露わにし、険悪な空気を漂わせるのは、「大人の重厚感」どころか、「幼児の直情性」としか見えない。

男子たる者、「笑わせて人を動かす」くらいの余裕で、職場や家庭を治めてほしいものだ。

とりどころなきもの

◆とりえのないもの

生まれつき歪んでいる者などいない

とりえのないもの ◆ 顔かたちがにくたらしくて、性悪の人。

上司や家長が不機嫌なのも困るが、最近は、客にまで仏頂面を見せる店員がいて、不愉快な思いをすることが多い。

二年くらい前、大阪難波のある喫茶店で、若いウェイトレスに嫌な思いをさせられた。

まず、「いらっしゃいませ」の態度からして、なっていない。「ああ、面倒くさい」と言わんばかりの小さな声で、見返りざまに背中で言う。踵をひきずり、しぶしぶながらに近づいてくると、コップの水はそっぽを向いて置き、注文に「はい」もなければ、復唱もない。無言でコーヒーを運んできたかと思うと、がちゃりと音を立てて置き、案の定、受け皿にかなりの量がこぼれたが、知っていて知らん顔である。

おまけに、カウンターの向こうの若いバーテンとは楽しげに大声で話し、甘え声まで出している。腰をくねらせ、茶髪の毛先を指にくるくる巻きつけて、カウンターにしなだれかかる姿は、童顔の厚化粧にもまさって不潔な感じがした。

よくもまあ、これだけ次々と、人の神経を逆撫でする態度を思いつくものだと思うが、都会の一見客相手の店ではちっともめずらしくはない。

私は、もう慣れっこで無視していたが、一緒にいた知人は、この無作法が許せなかった。彼は、ナニワの商人で、お金に見合う接客を当然のこととしている。支払いの際、ウェイトレスが、礼も言わずに乱暴にレジを閉めたのが、引き金になった。カウンターにもどろうとする彼女を呼び止め、ふり向きざまに、「あんた、顔も心もブスやなぁ！」と言ったのだ。

まだ少女といってもいいような女の子に、そこまで言うかと私も仰天したが、じつのところは、まさにそのとおりで、このタイプは、「イジワル顔のブス」と相場が決まっている。造作の問題ではない。仮に目鼻が整っていても、醜く歪んだ性格がそのまま顔に貼り付いているのだ。

恥ずかしさと怒りで顔を真っ赤にした彼女を尻目に、知人は私の背を押して店を出た。

「あれくらい、言うたったらええねん。ブ男な俺が言うんやから、許されるやろ。ごちゃごちゃ説教するより早いで」

彼が言ったとおり、その後の彼女の態度は一変した。他の客はともかく、私に対しては、ぎこちないながらも笑顔の接客になったのだ。二十歳にも届かぬ若さで、相手を見て使い分ける媚(こ)びた様子は、哀れな感じがしないでもないが、それも、身につけば愛らしさに変わるだろう。

平安時代にも、感じの悪い召使いはいたようで、身分社会なのに不思議な気がするが、手紙や包み物を届ける下仕え(しもづか)のような者でさえ、不躾(ぶしつけ)な態度を取ることがあったらしい。

> 門近く通るのを呼び入れるにもかかわらず、愛想もなく、返事もしないで行く者は、こんな者を召し使っている主人の人柄が知れるというものだ。

そんな態度を取って、なにが楽しいのか。同じ勤務時間なら、笑顔で働いたほうが、本人も楽しかろうと思うのだが、なぜか不機嫌を人にぶつけてくる。もちろん、雇い主の教育が悪いのだけれど、そもそもは本人の育ちになんらかの瑕(きず)があるのだろう。

にくらしげな顔に生まれついたがために、ひがみ根性が身に染みついたのか、ひがんで生きているうちに、顔が醜くなったのか。心が醜いから、人に愛されないのか、だれにも愛されなかったから、心が歪んだのか。たぶん、そのすべてだろう。悪循環のなかで生きてきたのだ。

私も、家族のなかで、鬱屈した思いを持っていた時期がある。幼少期のことだ。

三つ違いの姉が、目鼻の整った愛らしい顔をしていて、真っすぐな黒髪を額で切り揃えると、まるで「市松人形」みたいにきれいだったことが、幼心にも劣等感になっていた。私はというと、子どものくせに眼光鋭い奥目で、神経質な顔をしていた。おまけに、わずかな風にも逆立つしゃりしゃりの細い赤毛をしていて、お世辞にもかわいいとは言えない風貌だった。

どこへ行っても、だれと会っても、姉のことは「まあ、かわいい！」と覗き込むのに、私のほうを向いた途端に、言葉に詰まる。そのときの大人の表情を、私はいまも覚えている。あとに続く「元気な子」「しっかりした子」という付け足しのほめ言葉は、私のなかでは「不細工」と言われたに等しかった。

この髪の色については、「妊娠中の毒消しに、ドクダミを飲んでいたせいよ」と、母が何度も私を慰めたが、たぶん作り話だろう。祖母が、母に、「最後にかわいそうな子を産んだなあ」と言ったのを、襖越しに聞いたのが決定的だった。私は大いに傷ついたのだ。

だが、この祖母は、私をとても愛していた。「かわいそう」と口にした直後から、俄然張り切って、私の教育を始めたのである。

「あんたは、顔が不細工なんやから、笑顔よしになりなさい」と、口に割り箸を嚙ませて口角を上げる練習をさせたり、「立ち居ふるまいだけでも美人におなり」と言って、頭に本を載せ、背筋を伸ばして畳の縁を歩かせたり。声の出し方から、お辞儀の仕方から、まるで社交界にデビューする小公女のように、毎日毎日、レッスンを行なったのだ。

その成果が、いまにも生きているかはともかく、そうするうちに、私は、私なりの自信を身につけた。容貌に負けない「とりえ」を祖母がつくってくれたのだ。

笑顔で話すから、愛嬌が容貌を実際よりもかわいく見せる。胸を張って行動するから、表情に輝きも生まれる。「活き活きしてるねぇ」とほめられることは、「きれいだね」と同意語になった。自分で自分を好きになれたのだ。

生まれたときから、ひがんだ根性をしている人などいない。なにかに傷つき、その瑕を隠すために、拗ねた顔と意地悪な言動で身を守っているつもりなのだ。だれだって、愛されたいに決まっている。

この世のなかで、やはりなんといってもつらいものは、人に憎まれることであろう。どんな変わり者が、自分から人に憎まれよう、などと思うだろうか。けれども、自然に、宮仕え所でも、親きょうだいの間柄でも、愛される場合と愛されない場合とがあるのが、とても情けない気がする。
身分の高い人の場合はいうまでもなく、下々の者の場合でも、親などのかわいがる子は、なにかと人の耳目を引いて、周囲からちやほやされるものだ。見た目にきれいな子は、それも道理で、どうして親のかわいがらないことがあろうか、と思われる。格別なこともない子は、これまた、こんな子をかわいく思うのは、親なればこそと、しみじみと感じ入る。親にでも、主君にでも、また親しいどんな人にでも、人に愛されることほどすばらしいことはあるまい。

大人が、子どものなかに、なにかひとつ「とりえ」を見出してやることは、その子の将来を明るくする。それは、「ほめて育てる」というような単純な手法ではなく、場合によっては、私の祖母のように、欠点を容赦なく指摘し、手厳しい訓練を重ねる形を取ることもあるだろう。祖母なればこそ、孫かわいさに、毎日毎日、手を抜かずに教えてくれたのである。

冒頭のウェイトレスだが、日に日に明るさが増し、いまではずいぶん接客上手になっている。知人の「ブス」発言は酷いように見えたが、じつは、あの日以来、彼は喫茶店に通い詰めていたらしい。特に、言い訳をするでもなく、説教を重ねるでもなく、ただ毎日コーヒーを飲みに行って、ひと言ふた言会話を交わすだけ。天気の話をし、プロ野球やサッカーの話をし、そうするうちに、彼女は、客の世間話に相槌の打てる子になっていた。

体よく見捨てた私よりも、口荒く関わった彼のほうが、ハートはずっと熱かったのだ。

つい先日、「ありがとうございました」とお辞儀をした彼女に、私も素直な気持ちで「活き活きしているわね」と言ってみた。うれしそうな笑顔を見て、私の胸のつかえもおりた気がした。

うらやましきもの

オンリー・ワンになりたければ…

◆うらやましいもの

就職難の世相を反映して、新入社員の意識が安定志向に変化したそうだ。ノーリツによる二〇一〇年の調査によると、数年前に比べて、「定年まで働きたい」が二倍、「実力主義より年功主義」が約一・五倍に増加し、いずれも50パーセント近くに達した。多くの会社を訪問して、狭き門を痛感した悲壮感が、そうした数値に表れているのだろう。

桜咲く春、彼らは、不慣れな会社勤めをスタートさせた。先輩方の仕事ぶりを緊張の面持ち(おもも)ちで見つめながら、日々どんな思いでいることだろう。

うらやましいもの ◆ 身分の高い方の御前(おまえ)に、女房が大勢(おおぜい)はべっているときに、ゆるがせにできない立派な方の所にお届けあそばす代筆のお手紙などを、――そういう所の女房ならだれだって、鳥の足跡みたいなまずい字は書くはずもないのだが――局(つぼね)に下がっている人をわざわざお呼び出しになって、ご自分の硯を下し賜わってお書かせになるのは、うらやましい。

＊局＝大きな建物のなかの仕切りをした部屋。宮中や貴人の邸宅で、女房に与えられた居室をいう

華やかな職場で、多くのキャリアが席を並べるなか、上司が、重要書類の作成に、わざわざ休暇中の「ひとり」を呼び出し、愛用の万年筆まで下賜して書かせた。譬えて言うなら、そういうことである。自信ありげに見える清少納言でも、人をうらやむことがあったのだ。

彼女の上司は、関白藤原道隆の娘で、一条天皇の第一夫人である中宮定子。そこにお仕えする女房は、みな教養深い才女ばかりである。

清少納言も、出自こそ中流貴族だが、高名な歌人の家柄。文化レベルの高い血筋ゆえ、鳴り物入りで宮中に迎えられ、さぞかし自信に満ちた参内だっただろうと思っていたら、初出仕は緊張のあまり、ひどい有様だった。

中宮の御殿にはじめて参上したころ、なにかと恥ずかしいことが数知れずあって、涙も落ちそうになるので、毎日、夜になると出仕して、中宮のおそばの三尺の御几帳の後ろに控えていると、中宮は絵などをお取り出しになって

お見せくださるのだが、私はそれに手も出せないほど、どうしようもなく困惑している。

絵を指さす中宮の袖の手は、寒さで赤くなっている。その指先の薄紅梅（うすこうばい）色の美しさを見るにつけても、「このような方が、世にいらっしゃったのだわ」と驚くばかりだった。

見知らぬ世界に入るとは、大なり小なりこういうことである。遠慮がちに控えていることだけが礼儀と心得て、畏（かしこ）まっているしかない。清少納言が「夜に出仕」したのは、当時はわずかな燈火（ともしび）しかなく、顔を見られずにすむからである。それほどまでに萎縮（いしゅく）していたのだ。

どうすれば、「その他大勢（ワン・オブ・ゼム）」から、「無二（オンリー・ワン）」の人材になれるのか。

昨今は、入社して一年もせぬうちに、「会社が力を認めてくれない」と、去っていく若者が多い。どの程度の「実力」であるかはさておき、「自分が、自分が」と前に出て存在をアピールしているうちは、本当の信任は得られない。その熱意はかわいいが、ややもすると、ひとりよがりの浅慮と映るからである。

自分が上司なら、どんな人材を部下としたいか、立場を入れ換えて、冷静に想像してみるとよい。まだ仕事のイロハもわからぬうちに、企画書を出されても苦笑いするしかないし、会社の歴史も知らないうちに、経営手法を云々されても不愉快なだけだ。若き日の企画や意見は、意外に直感が当たっている場合もあるが、裏づけとなる根拠には欠ける。一旦は、自分のノートに残し、機が熟すまで温めておくのが賢明だろう。

まずは、会社がなにをめざしているのか、上司がなにを望んでいるのか、顧客がなにを求めているのか、まわりをよく観察するところから仕事は始まる。相手の要求を敏感に察知する能力こそが、信用の原点だからだ。とりあえずは、人の思いに沿って動いてみる。慣れてきたら、先まわりをして相手を読む。「あいつ、気が利いているよな」と言われるようになれば、こちらの話を聞いてもらえる日も近い。

雪がとても高く深く降り積もっているのに、いつもと違って御格子を下ろしたまま、炭櫃に火を熾して、私たち女房が話などして集まって御前にはべっていると、中宮が、「少納言よ。香炉峰の雪はどんなであろう」と仰せになるので、女官に御格子を上げさせて、私が御簾を高く巻き上げたところ、中宮はお笑いになる。

ほかの女房たちも、「みな、そのような漢詩は知っており、歌などにも歌うけれど、思いつきもしなかったわ。やはり、この中宮にお仕えする女房としては、うってつけの人みたいね」と言う。

＊香炉峰＝『白氏文集』第一六の漢詩の一節。「遺愛寺ノ鐘ハ枕ヲ欹テテ聴キ、香炉峰ノ雪ハ簾ヲ撥ゲテ看ル」とある

中宮の「香炉峰の雪はいかならむ」というお言葉は、『白氏文集』の知識を前提とした質問である。漢詩の後半「簾ヲ撥ゲテ看ル」を引き出したいがためのものだ。だが、清少納言は、漢詩をそのまま口にするような野暮なまねはしなかった。ただ黙って、すっと「簾を巻き上げた」のだ。

——こんな雪の美しい日に、簾どころか格子まで下ろし、おしゃべりに夢中になっているとは、なんと無風流な女房たちよ。雪は「簾を上げて見る」ものではなかったか。

中宮の真意を、清少納言だけが察したのである。その機敏な反応に、中宮は「わが意を得たり」とお笑いになった。まさに、上司の信任を勝ち得た瞬間である。

ほかの女房たちも漢詩の知識はあるが、中宮の意図は見抜けなかった。これが、「勉強ができる」のと「仕事ができる」のとの違いであって、その差はじつに大きい。

どんな業種でも、成功を収めている人には、必ず、この種の「機転のよさ」が備わっている。仕事とは、そもそも、「人を喜ばせる」サービス精神によって報酬を得るものだからである。現代なら、「顧客ニーズ」に応えることが最終目的であろうが、それは、経営者にとっても、株主にとっても、「わが意を得たり」の結果に結びつくはずなのだ。

ところで、若い読者のなかには、中宮のこうした「あしらい」を、意地が悪いと感じる人がいる。わざと遠まわしな質問をして人の力量を試すなんてひどい、というわけだ。

だが、それは違う。宮中は、陰謀渦巻く政治の場なのだ。女房たちは、中宮の「私設秘書」として、天皇の御用を伝えに来る上級官僚たちの応対を任されている。信じるに足(た)る相手ばかりとは限らない。もし官僚の機嫌(きげん)を損ね、天皇に陰口でもされたら大事(おおごと)である。中宮といえども、いつなんどき追い落とされかねない「多くの后妃(こうひ)のひとり」なのだ。女房の気働きの如何(いかん)により、中宮その人の鼎(かなえ)の軽重が問われるのである。

だれにどこまで任せてもだいじょうぶか、上司というものは、部下の日常の働きぶりから器量のほどを観察している。単純作業と侮(あなど)るなかれ、仕事ができるかどうかは、コピーを取らせるだけでも、すぐにわかる。だれが、なんの目的で、いつ使うか、それを意識して印刷した者だけが次のステージに上がれるわけで、その意図を先に説明するような上司がいたら、それこそ無能である。だから、新参者は、毎日が「抜き打ちテスト」と心得るべきである。

「いつまでもぉ、コピー取りばっかだしぃ～。この会社じゃ～ぁ、アタシの実力、泣くし～ぃ」なんて言っているあいだは、どこへ行ってもコピー機しか触らせてもらえない。

翻って、管理職で、いっこうに優秀な部下が育たないとお嘆きの方は、なにからなにまで手取り足取り、ご自身が部下の「仕え人」になっていないか、思い返してみられてはいかがだろう。

この上司にして、この部下あり。——日常の一場面で逸材を見抜いた中宮は、なんと御歳十九。清少納言はすでに三十歳だったが、相通ずる「頭の回転のはやさ」が、ふたりに、主従を超えた心の結びつきをもたらした。清少納言のその後の活躍は、この若くて聡明な女ご主人の一番の寵愛があればこそ引き立てられ、成し得たものなのである。

心もとなきもの

◆じれったいもの

栄光に輝くプロは苦悩を背負う

新人の肩身の狭さもさることながら、実力派にも「期待に応(こた)える」というプレッシャーはある。四番バッターも、球筋(たますじ)によっては三振に倒れることもあるわけで、そうそうホームランばかり要求されても困る。

中宮(ちゅうぐう)の絶対の後ろ楯(だて)を得て、宮中で大いに活躍し始めた清少納言だったが、怖いものなしに見える彼女にも、苦手なものがあった。自作の和歌を詠(よ)むことである。

じれったいもの◆人の歌の返事を早くしなければならないのを、詠むことができないのは、とてもいらいらする。……返歌ははやいのだけがとりえだと思うあまりに、とんでもない間違いをやらかすこともあるものだ。

「心もとなし」は、「もと」が「恋人の許(もと)へ行く」と同じく「所」の意味で、「心の落ち着く所が無い」というのが語源である。幅広い意味で使われ、「はっきりしない」

「不安だ・気がかりだ」「待ち遠しい」などの訳があるが、まとめていえば、期待する事態の実現を待ちわびてイライラする気持ちを表す。

その「期待」は、自分の理想なのか、周囲の願望なのか、おそらくその両方だろう。自他ともに認めるような、うまい返歌がつくれない。

なぜ、和歌ひとつに、そんなに神経を尖らせるのか。清少納言の和歌には、過大な注目が集まるからである。彼女は、プロ歌人ではないが、和歌においてはサラブレッドの血筋。いつも高いハードルが課せられるのだ。

清少納言の「清」の字は、「清原」姓を意味するのだが、曾祖父の清原深養父は勅撰集に四十一首が入集、父親の清原元輔は平安三十六歌仙に数えられる名歌人である。特に、元輔は、『後撰和歌集』の選者五人のひとり。つまり、天皇のご意向でつくる勅撰和歌集の審査員に抜擢されるほどの実力だった。

この家柄なればこそ、中宮のお召しにより、清少納言の宮中出仕も叶ったものと想像する。傍目から見ればうらやましい限りで、なかには「親の七光り」と揶揄する向きもあっただろう。

だが、本人にすれば、ただ「娘」だというだけで、レベルの高さを要求されることがつらくてたまらない。いわゆる、ジュニアの苦しみである。うまくつくれて当然、まずい和歌を詠んだら、どんなに笑い者にされるかと、気が気でならないのだ。

ある日、なかなか和歌を詠もうとしない清少納言に、中宮が、

> 元輔がのちと言はるる君しもや今宵(こよひ)の歌にはづれてはをる
>
> (元輔の子と言われるそなたが、こともあろうに、今宵の歌に加わらずに控えているのか)

と書いておよこしになる。

「詠め」とも命じずに、お叱りを和歌にして紙をぽんとお投げになったのがおかしくて、清少納言は、なんと「詠まない理由」を歌にした。

> その人ののちと言はれぬ身なりせば今宵の歌はまづぞ詠ままし
>
> (だれそれの子と言われない身でしたら、今宵の歌はまっ先に詠むことでしょうに)
>
> 父の手前、遠慮しなくてはと思わぬなら、千首の歌でも、口をついて出てまいりましょうに。

詠めないわけではない。詠みたい気持ちはある。だが、「元輔がのち」と言われる名誉だけは汚(けが)すまいと萎縮(いしゅく)する。偉大な親のもとに生まれた子は、みな、見えない圧力を背負うのだ。

いや、「親の七光り」でなくても、自分自身の「偉大な記録」に脅(おびや)かされる場合もある。「人がストレスを感じるとき」の上位に、意外にも「大成功」がランクインするのは、自分で自分の名誉を背負い込むことになるからだ。一度成功を収めると、それが最低基準となり、さらなる活躍を期待される。大記録を達成したスポーツ選手はみな、日々この苦悩と闘う宿命にある。ほかの仕事でも、おそらく、第一線で活躍する人の多くは、同種の重荷を抱えているに違いない。

ところで、たかが和歌くらいのことで、どうしてそんなに騒ぐのか、現代人には、そこのところがピンと来ない。少しくらい返歌が遅れたからといって、緊急の電報でもあるまいに、二日三日、相手を待たせておけばいいじゃないかと、われわれは思う。

じつは、和歌の価値を見定めるのには、審査基準があって、専門用語ではそれを「当意即妙(とういそくみょう)」という。「当意」とは「その場に適応した内容」を盛り込む機転、「即」は即興性で「はやさ」、「妙」は妙技のことで「優れた技術」を意味する。現代ふうに言えば、「アイデア」と「スピード」と「スキル」の三要素がポイントなのだ。

これは、今日のわれわれの仕事においても、そのまま当てはまる。たとえば時代のニーズに合った商品を考案することは、「当意」に相当する。アイデアは優れていても、世に出すタイミングを失すれば価値は刻々と下がるわけで、「即、やれ！」の号令は至上命題である。そのためには、アイデアを形にする技術も必要で、日本は世界に冠たる「職人技の妙」を誇っている。

そして、この三つが見事に揃ったときに、市場を沸かす爆発的なヒット商品が誕生するのだ。

こうして見ると、和歌一首をつくることは、相当に立体的な思考を要するものであることがわかる。単なる「芸術的なひらめき」だけでつくれるものではないのだ。長い散文にも相当する情報量を、五七五七七の三十一文字に収めようとすれば、修辞テクニックにも精通しておく必要がある。同じ内容なら、より美しくより楽しく。時間がかかり過ぎるなら、有名な和歌や漢詩をベースに仕立て直すなど、瞬時に「三要素の折り合い」を見定める必要がある。

だから、和歌を、閑を持て余した貴族の遊戯とするのは誤りである。

宮中には、プロの宮廷歌人もいて、歌合などの公式戦で敗れると、「不食の病」つまり拒食症になって死んだ者までいるという。仮に誇張表現としても、文学的生命をかけた真剣勝負だったことに違いはない。

企業も、大きなプロジェクトを推し進めるときには、社運をかけてプレゼンテーションに臨む。もし同業他社に出し抜かれたら、リーダーは詰め腹を切らされるだろう。それくらいの覚悟で臨むのが、当時の和歌人の心構えだったのである。

清少納言は、自身は宮廷歌人ではないが、育った環境がみずからにプロ意識を要求するのだろう。友達程度の人に宛てた和歌ですら、異常なまでに評価を気にする。『枕草子』には、だから、だれそれにほめられたというような記述がたくさんある。特に、当代きっての名歌人に評価を受けたような場合は、必ず書き残している。それが、現代人には自意識過剰に見えて「鼻持ちならない」とおっしゃる方もあるのだが、ただでさえ創作活動というものは自信と不安が交錯する。名人のお墨付きをいただくことは、本当にうれしいことだったに違いない。

さて、時代は移り、鎌倉時代になって、書にも優れたある大歌人が、京の嵯峨の地にある山荘に風流な趣向を施した。過去五百七十年の勅撰和歌集のなかから名歌を選び、色紙形に書いて、襖を飾ったのだ。藤原定家の『小倉百人一首』である。

その名歌百選のなかに、次の三首が揃って入ったことを、もし清少納言が知ったなら、どれほどの感涙を流し、心の重荷を解いただろうか。

36番　夏の夜はまだ宵ながら明けぬるを雲のいづこに月宿るらむ
（古今集・清原深養父）

42番　契りきなかたみに袖を絞りつつ末の松山波越さじとは
（後拾遺集・清原元輔）

62番　夜をこめて鶏の虚音ははかるともよに逢坂の関はゆるさじ
（後拾遺集・清少納言）

わが家ではお正月に百人一首カルタをするが、私はこの三枚は死守する。手のなかに仲良く重ねて呟くのだ。「深養父が末、元輔がのちと言はるる君なればこそ」と。

昔おぼえて不用なるもの

◆立派な昔が思い出されて役に立たないもの

老いゆく自分を、どう受け入れるか

立派な昔が思い出されて役に立たないもの　◆　色好みの人が老い衰えたの。

「不用」とまで言われると気の毒な気もするが、浮き名を流した昔の記憶が生々しいだけに、老いさらばえた姿は見るに忍びないのであろう。恋愛沙汰に限らず、どんなことだって、老いるに従って衰えていくのは、哀しいことである。

往年のスター歌手が、懐メロ番組で、若いころのヒット曲を唄うのを聴いて、ショックを受けることがある。声帯も年を取るのだろう、声質が濁り、音程も不安定で、ごまかしごまかし唄っているのが見て取れる。それくらいなら、絶頂期の映像を流せばよいのにと思うのだが、ご本人が再びのスポットライトを浴びたいのか、それとも、同世代の視聴者が元気なお姿に励まされるのか。私などは、かつての美声の記憶をかき消されるほうが、残念でならない。

その点、二葉百合子という大物歌手は、さすがの引退会見だった。

私自身は、演歌や浪曲を好んで聴くほうではないが、それでも、あの歌声の張りと艶はすばらしいと思う。

じつは、私の父も、シベリア抑留ののち、引き揚げ船で舞鶴に着いた捕虜兵のひとりなのだが、すでに母親が亡くなっているとは知らずに帰ってきた。もし生きていたらあのようであったろうと思うのだろう、『岸壁の母』には特別な思い入れがあるようで、私も、幼いころから、この歌だけは何度も耳にしてきた。

引退の数カ月前にも、歌謡番組でお見かけしたが、凛とした立ち姿で、どの出演歌手よりも豊かな発声を保っておられた。並々ならぬ鍛錬の賜物に違いない。

それでも、人にはわからないわずかな衰えの気配を、ご本人が察知されたのだろうか。それからしばらくして、今期いっぱいの引退を表明された。「声の出るうちに」と、みずから幕引きをされた潔さに、プロの矜持が窺える。

一方、百歳まぢかにして、新作映画の撮影に挑む新藤兼人監督のような人もいる。「演じる人」の場合と違って、知力に衰えさえなければ、車椅子に乗ってでも「采配」を揮うことはできる。それにしても、体力あっての仕事ではあるらしく、毎日毎日、お孫さんがインストラクターになって、全身運動を重ねてこられた。「これが最後かも」という発言があったが、気力の衰えではなく、寿命を逆算してのことのようだ。「生きることは撮ること」の信条そのままに、天寿と映画づくりを同時にまっとうする。これもまた、理想的な高齢者の生き方である。

老いても現役でいようとすれば、「心技体」に相当の努力を要する。尽力しても、病気や死はいつ襲ってくるかもわからず、結果を運命に委ねるところもあるわけで、若いときのように「自力」だけではいかない。その歯痒さに耐える精神力が、第一に要求される能力なのかもしれない。

よく、老練の技を「枯れた魅力」などと表現することがあるが、それは、「自力」の意志力を、「他力」の諦念で包み込んだような境地をいうのではないだろうか。自分が高齢になったときに、できれば、そういう域に達していたいものだと思う。だが、たいていは、自分がまだいけるつもりで、じつは、体力も気力も萎え衰えているというケースが多い。本人がそれを思い知るのもつらいことだが、そうとわかって見て見ぬふりをする周囲も、なかなか気詰まりなものだ。

春の除目のころなど、宮中の趣は格別である。雪が降ったり、氷が張ったりなどしているときに、上申の手紙などを持ってあちこちする四位や五位の人の、若々しく、意気揚々とした人たちは、たいそう行く末頼もしく見える。だが、年とって白髪頭だったりする人が、人になにやかやと自分の内情を話して頼み、女房の局に立ち寄って、自分の身の立派である由来を、いい気になって説明して聞かせるのを、同じ局にいる若い女房たちは、まねして笑うのだけれど、本人は知るよしもない。「どうかよしなに主上に奏上お願いします。中宮様にも申し上げてください」などと言って、それでも、望みどおりの官を得たのはたいへん結構だが、得られずじまいになったのは、本当に気の毒である。

＊春の除目＝地方官の任命式　上申＝任官を申請する文書　局＝宮中で、女房に与えられた部屋

「自分の身の立派である由来」を言ってまわるようになったら、職業人としてはおしまいだ。その自己評価が正しいのなら、みっともなく売り込まなくても、じゅうぶんに勝算はあるだろう。実力のほどに自信を覗かせつつも、女房風情に頭を下げなければならない、その矛盾を、人は老醜の哀れと笑うのである。

その年にならなければわからないこともあるから、清少納言の手厳しい発言を不快に感じる方もおありだろうが、じつは、この描写は、彼女が「わが父」を想定して書いたのではないかとも言われている。

父清原元輔は、『後撰和歌集』の撰者となった名歌人であり、軽妙洒脱で自由な人柄も『今昔物語』などに逸話として残っているが、官人としての地位は決して高くはなかった。

長い歳月を、財政・経理関係の下級官吏として過ごし、ようやく待望の国守となって、中流貴族の仲間入りを果たしたときには、すでに六十半ばを超えていた。四十歳で初老と見なされた当時、その年齢で、都から周防（現在の山口県）に下向するのは、

容易ではなかっただろうと想像する。四年の任果てて帰京し、さらに六年後には、肥後（現在の熊本県）の国守となるが、齢七十九歳。どれほど悲愴な決意で、遠隔の地に赴いたことだろう。彼は、任期の満ちるのを待たずに、かの地で病死した。八十三歳だった。

老骨に鞭打ってまで、なぜ働くのか。任国を得ない下級役人の生活は、経済的に困窮を極めたからである。

私家集『元輔集』には、受領の任に漏れたことを嘆く歌がある。

春爛漫の桜が大臣家の池の面に映る、その陰影を見て、水のなかに埋もれる桜の枝は、まるで官を得られぬ自分のようで、「沈める人の春」だと詠んだ。さすがは名歌人で、人の胸を打つ表現をする。

そう、この和歌は、単なる老人の嘆息ではなく、その大臣に対して、「沈淪の身」を訴える嘆願書なのである。

高齢の身で僻地に赴く己が苦労よりも、それによって得られる家族の幸いを、彼は優先した。

そういう父の姿を、清少納言は、少女期に幾度も見てきたのだろう。遅くにできた子どもで、父親が特にかわいがったと言われているが、周防のときは九歳、肥後のときでも二十歳に満たない多感な時期である。親の老いを目の当たりにするのは、哀しいというよりも、むしろ腹立たしかったかもしれない。

清少納言は、「たのもしきもの」に、次のような記述を残している。

頼もしいもの……なにか恐ろしいときの、親たちのそば。

子にとって、精神的な支柱である親が、力なく頽れたときの衝撃は大きい。できれば見たくなかったという哀しみが、老いを嫌悪させるのだ。人の子ならば、だれもが経験する、複雑な近親憎悪の感情で、愛すればこそである。

現代社会も、決して、お年寄りにとって、生きやすい世ではなくなってきた。泰然自若としていたいのは、だれしも同じであろうが、理想ばかりも言ってはいられないのが実情だろう。家族が、社会が、悠々の老後を支えられたらよいのだが、国の財政もますます厳しくなっていくなか、私などの老後は、おそらく完全な「自己責任」を要求されるのだろうと想像する。

タフな老人にならなければ、と私自身は覚悟している。

なりふり構わぬ図太さを言っているではない。引退であれ、車椅子であれ、嘆願であれ、若さの自由を失うことは、本人にとっては一種の屈辱には違いない。遅かれ早かれ、人はみな、そのつらさをどこかで呑み込むのだ。「努力」と「限界」の折り合いをどこにつけるか、せめて自分で「断を下す」勇気だけは備え持っていたい。

同じ愁訴でも、女房たちにゴマを擂ってまわる老人の姿と、みずからの言葉で大臣の心を動かそうとした元輔の姿は、やはり異なる。自分が腹を括って、甘んじて受けた屈辱ならば、人は、涙こそすれ、笑い者にはすまい。

すさまじきもの
◆興ざめなもの

どん底を味わったら立ち上がるだけ

古語の「すさまじ」は、現代語の「すさまじい」とは違って、期待感や興味が冷めてしまう不快感を表し、「興ざめだ」「ぞっとする」「殺風景だ」などと訳す。感覚的には、関西弁の「寒っ！」がもっとも近く、関東では「しらけ気分」がこれに相当するだろうか。

興ざめなもの◆昼吠える犬。春まで残っている網代。三月四月に着る紅梅の着物。赤ん坊の死んでしまった産屋。火をおこさない丸火鉢や地火炉。牛の死んでしまった牛飼。博士が引き続いて女の子を生ませたの。

*網代＝秋冬、氷魚を取るために川に渡す設備　地火炉＝調理用のいろり　博士＝男子のみの世襲制だった

こうして列挙されると、「期待はずれ」「時節はずれ」「場違い」などの間の悪さが共通項として浮かび上がる。「赤ん坊の死んだ産屋」や「牛の死んだ牛飼」には救いがたい悲哀を感じるが、現代ならなにに当たるだろう。連想したのは、「客足の途絶えた商店街」である。

いまや、どこの田舎町にも必ずあるシャッター通り。かく言う私も、じつは、そういう商店街のなかに住んでいる。

兵庫県の内陸盆地、織物で栄えた町で、最盛期には、ガチャッと機をひと織りすれば万単位のお金が入ったらしく、お年寄りが「ガチャマン時代」と呼んで懐かしむ。私の記憶でも、子どものころは、町じゅうに機織りの音が響き、十字に交わる商店街も活気に溢れて、わが家は、そこで母が小さな書店を営んでいた。

朝は年配の方々や乳幼児を連れたお母さんが、昼休みには工場で働く女工さんが、

夕方には学校帰りの児童や学生が、夜には仕事を退けたサラリーマンたちが、途切れることなく商店街に流れ込んできた。月末の給料日には、小学生の私までもが袋詰めを手伝うほど、長い客の行列ができたものである。

一体いつから景気が傾き始めたのだろう。若い私は、青春を楽しむのに手一杯で、親たちの苦労に無頓着だった。だから、詳しいことは記憶にない。ただ、郊外に大型スーパーが出店するとわかって、店主組合が大騒ぎになったことだけは覚えている。

対抗策として、全店それぞれが店舗をリニューアルしようとか、みなで大型ビルに建て替えて株式会社化しようとか、割引券や配達などの全店共通サービスを充実させようとか、多くの意見が交わされたが、危機感が空回りするばかりで、話はまとまらなかった。

無理もない、抱えている事情がそれぞれ違う。借地で建て替えに地主の許可が出ない人、跡継ぎがなくて新たな投資ができない人、店と住まいが一緒でないと商売と家事の両立が難しい人……。近所づき合いの深い仲良し商店街だったが、たまたま同じ場所で商売をしているというだけで、じつは利害がバラバラだった。平和に過ごしてきた田舎の商店主が、都会の大資本に脅かされて、はじめて互いの絆の脆さを自覚したのである。

結局、目先の利く人は、大型スーパーのテナントに入るか、その道筋に新たな店舗を構えることを選択した。一軒抜け、二軒抜け、櫛の歯が毀れるようにシャッターが下りていく。残されたのは、年寄りと女たちが営む、住まいと一体化した店舗だけになった。

東京の大学に進学した私は、帰るたびに、錆色になっていく実家周辺を哀しく見つめた。人通りが疎らで、閑散としているというだけではない。かつての繁栄の名残がボロ雑巾のようにぶらさがっているのが、なにより惨めだった。いつの売り出しに使われたのか、各店の軒先には色褪せたビニール桜が年じゅう満開で、ペンキの剝げた鉄骨のアーケードには恥ずかしげもなく「銀座通り」の看板がぶら下がっている。閉じたきりのシャッターにはだれが描いたかわからない落書きが増え、あちこちにポイ捨てされたゴミが落ちていた。

廃れゆくものに、いまさら掛けるお金はないのだろう。わかってはいるが、若い私の目には、故郷はまさに興ざめな「すさまじきもの」として嫌悪された。

それから十五年ばかりが過ぎただろうか、手つかずのまま放置されていた商店街に、予期せぬことが起きた。阪神大震災である。被災地の中心ではなかったものの、震度五の強震だった。幸い大した被害はなかったが、繰り返し目にする神戸の悲惨な映像に、商店街のだれもが背筋を凍らせた。もし老朽化したアーケードが崩壊したら、取り返しのつかないことになる。撤去の費用は安くはないが、外に店舗を移した人も含め、全店が一致して話し合いの座に着いたのである。

こうして、錆びたアーケードは取り払われ、美しい青空が広がった。それを機に、各店舗は軒先をそれなりに整え、商売をやめたお宅は住宅用の間口へと装いを改めた。そうなると、古びたシャッターはますますみすぼらしく、子ども会が自主的に小学生と保護者に呼びかけて、休日にかわいい絵をペイントしてくれた。

きれいになった町並みには新たに移り住む人も現れ、落書きやゴミのポイ捨てもなくなった。いま、各戸の玄関先には、だれが言い合わせたわけでもなく、庭がつくられたり、プランターの花々が咲いたりしている。もともと車の入れないエリアなので、子どもたちの通学路、お年寄りの散歩コースにもなっていて、昔の活気にはほど遠いが、それなりの生活風景は取り戻したのである。

それにしても、町は、人々の意識や価値観の集合体なのだとつくづく思う。各人が目先の都合だけで気ままに住環境をつくると、時代に見捨てられた途端に、風景は一気に「すさまじきもの」へと転落し、その回復は容易ではない。

さらに、町の一角が崩れることは、単に美観に障(さわ)るだけではない、深刻な事態を引き起こすらしい。町が衰退すると、「フードデザート（食の砂漠化）」が起こるというのだ。

ある番組で、その実例として、イギリスのシェフィールド市の衰退と復興を紹介していた。かつて商店街として栄えたエドワード地区が、鉄鋼業の衰退とともに廃れ、シャッター通りになっていくさまは、私の故郷そのものだった。

不況の町には若者が減り、老人だけが残される。地元の商店は寂（さび）れ、郊外の大型スーパーに行かなければ食料品が手に入らない。お年寄りにとって、ひとりで歩いて買い物に行くのはたいそう骨の折れる仕事で、野菜や果物や牛乳などの重いものは避けるしかない。一度に買える分量を考えると、インスタントやレトルトの加工品に頼るしかなく、同じような食材ばかりを食べているうちに、ビタミン・カルシウム・鉄分などが不足して栄養失調になるという。

私は、その事実に愕然（がくぜん）とした。週に一度、車で乗りつけ、ごそっと買い溜（だ）めするのが当たり前の習慣になっていて、そんな事態は想像したこともなかった。だが、言われてみればなるほど、自分が年を取ったときのことを考えると、ぞっとする。

彼らはどのように地域再生に取り組んだのか、身につまされる思いで番組に見入った。

まずは、地価の下がった工場跡をデベロッパー（宅地開発業者）が買い上げる。これによって、廃業した中小の鉄鋼業者の生活が救われ、同時に、廃墟と化した町の整地が進む。次に、その土地を大学が借り上げ、次々と学生寮を建てる。アパートの高い家賃と通学費に悩んでいた学生たちは、すぐさま学生寮に移り住み、人口が増える。結果、需要の増加に伴って、エドワード地区の閉じたシャッターは開き、商店街が復活するのだ。

お年寄りの暮らす公団のまわりには、常に若者が溢れ、交流や介護ボランティアも生まれる。老人の生活不安は解消され、中小の工場主や商店主も救われ、大学は設備の充実により学生数を増やし、地元に雇用も生まれて、結果として市の税収も増える、というわけである。

この一連の再生ストーリーを描いたのは、市役所とＮＰＯ（非営利団体）と市民が一体となったパートナーシップ協議会だった。ブレア政権が掲げた「地域再生」の構想から生まれたものだという。

小泉政権以来、規制緩和の名のもとに、地域経済はズタズタに切り裂かれてしまった。どこへ行っても、全国展開のフランチャイズとコンビニばかりの画一的な風景。その大資本とて、生き残りをかけた熾烈な競争に晒されている。「激安合戦」の熱風が吹き荒れるなか、不毛の闘いを繰り広げた挙句に、醜い廃屋の残骸だけを残して去っていくのだ。そのうち、「食」のみならず、「生活」のすべてが砂漠化するのではないかと、暗澹たる気分である。

それが国際情勢の必然の流れなのだと、専門家は言う。だが、われわれ一般人には、なにがどこでどうなっているのか、構造自体がブラックボックスでさっぱりわからない。

だから、無気力になる。もはや個人の努力ではどうにもならないと、考えることすら放棄する。だが、途方もなく大きな渦に呑まれたときこそ、身近なネットワークで「命綱」を編むしかないのではないだろうか。どん底を味わうと、逆に、協力の機運が生まれる。みなが非力を自覚している現在こそ、パートナーシップを呼びかける絶好のチャンスだとも言える。

これも、あるテレビ報道であるが、中国地方の山間だったか、村人がみなで自活の道を模索する様子を観たことがある。地場産業がなく、若者が都会へ出てしまったあとは、残された高齢者が自分の食い扶持だけを畑で耕す日々だった。収入のない村は、公共設備の補修すらままならず、このままではいずれ行き詰まってしまうという状況だった。

もとから「なにもない村」である。だが、それを、「なにかないか」という視点に変え、みなで「あるものを探す」という発想に切り替えた結果、見つけたのは「葉っぱ」だった。秋の美しい紅葉(もみじ)をみなで拾って箱詰めし、都会の高級料亭に納めることに成功したのだ。好評を博し、その後も四季折々の草花の需要に応じている。お年寄りは、山歩きによって足腰が強くなり、アイデアを練ることで頭を使い、みなで作業することによって孤独感が癒(いや)される。得たものは、収入以上に大きかったのである。

「すさまじきもの」は、見捨てられた町の姿ではなく、嘆くだけで知恵を出し合わない会議なのかもしれない。学ぶべき例は、国内外にたくさんある。

四章

交(まじ)わる

〝独り善がり〟のつき合い方で他者を苦しめていませんか

人間と人間が触れ合えば、さまざまな摩擦(まさつ)が生まれ、時には大きな誤解を生むこともある。だからといって、自分と同じような人間とばかりつき合えば、やはりつまらないだろう。

観察眼鋭(するど)い清少納言にとって、人間関係は恰好(かっこう)の題材であり、『枕草子』には思わず膝(ひざ)を打つような指摘が散見される。男女の仲から、そう親しくない人とのつき合い方まで、千年前と意外に変わらぬ人と人との有様(ありさま)に、学ぶべき点は多い。

いとほしげなきもの

同情心は「ややこしい」

◆気の毒な感じがしないもの

人にものを頼んでおいて、逆恨みする人がいる。対応のしかたが気に入らないというのだ。一体どういう料簡なのか、手を貸そうとした同情心も失せてしまう。

気の毒な感じがしないもの ◆ 遠くへ旅する人が、次々と縁故を探し求め、旅先の知人に紹介状を書いてほしいと人を介して私に頼んでくるので、知人宛てに適当に書いた紹介状を、ほしいという人のところへ使者に持たせて送ったところ、書き方が不誠実だと腹を立て、使いの者に返事も持たせず、まるで役に立たないもののように言いなしているの。

平安時代の旅は、旅先の世話を知人宅に頼った。宿泊や飲食の施設がほとんどなく、野宿にも盗賊や野犬の危険が伴うからだ。

だから、長旅になると、道中に宿泊場所の算段をつけておかなければならない。おまけに、旅の吉凶を陰陽道などで占う風習があったため、「方違え」といって凶の方角を避けて移動する。つまり、目的地に向かって最短の道のりを行くのではなく、ジグザグと方向を変えながら旅をするのである。行く先々の吉の方角に、必ずしも縁者がいるとは限らない。自分ひとりの人脈では及ばない場合も多々あるわけで、伝を辿ってだれかれを紹介してもらう。それが、この章段の経緯である。

つまり、作者は、旅に出る本人とは一面識もない。「適当に書いた」と訳した部分は、原文では「なほざりに書きて」となっているが、作者が悪意で「いいかげんに」書いたとは思えない。見知らぬ人の依頼だから、「通り一遍」の紹介にならざるを得なかったのだ。

だが、相手は、それが気に食わなかった。「誠意がない」「こんな手紙では役に立たない」というのである。気の毒にと思ってそれなりに動いたのに、感謝どころか不満をぶつけられては、まったく割に合わない。結果として困るのは旅に出る本人なのだが、もはや気の毒だという気持ちにはなれない。当然のことであろう。

私も、作者と同じく不快な思いをしたことがある。こちらは、面識がないどころか、家族ぐるみで仲良くしている、幼なじみの男友達だ。

「今週末の土曜日に会って話がしたいのですが、どうでしょうか」と、メールが来た。

二年ぶりの連絡である。私は、その短い文面に、ただならぬものを感じた。彼とは、「でしょうか」などと丁寧語を使うような間柄ではない。ふだんなら、「暇やったら、土曜日どないや?」と、くだけた関西弁で書いてくる。

　胸がざわついた。きっとよくない「話」に決まっている。数年前に両親を呼び寄せたらしいから、ついに嫁姑戦争が勃発したのか。私の職業柄、子どもたちの受験相談だろうか。だったらよいが、以前、会社の業績が悪くて、同僚がリストラの憂き目に遭っていると言っていた。折からの世界的大不況である。考えたくはないが、おそらくそれに違いない。

　私は、新学期の始まる忙しい時期だったが、時間をやりくりした。彼の希望に合わせて、午後二時から四時の二時間を空けた。仕事を紹介してくれというのか、一時的にお金を融通してくれというのか、想定される事態を心のなかで準備していた。

　ところが、当日になって、「五時に予定を変更したい」とのメールが届く。しかたがない、なにか事情があるのだろう。大急ぎで再度スケジュールを組み替えて、「一時間しか取れないけど」と手短に返信した。

　その直後である。信じがたいメールが返ってきた。「怒らせたみたいですね。やめておきます。ごめんなさい」というのである。訳がわからない。

自分から会いたいと言い、時間の都合をつけさせ、それを変更したうえに、いまになって「やめておく」とはなにごとか。私は遊んでいるわけではない、仕事をしているのだ。父親の介護もしている。予定を倒せば、ドミノ式に他人にも家族にも迷惑が及ぶ。それでもなんとか捻出した時間を、土壇場でキャンセルするというのだ。

私は、すぐに電話した。どういうことかと問い詰めた。すると、さらに驚くべき答えが返ってきた。「やっぱり怒ってるし。もうええねん。怖いから」と口走ったのだ。

なんという言い種だろう。私は、時間変更に怒ったわけではない。確かに面倒だとは思ったが、不測の事態が生じたのだろうと、むしろ心配を深めたくらいである。私を怒らせたのは、「やめておきます」という一方的な約束の破棄だ。おまけに、それを「怖いから」と私のせいにするなんて、こんな逆ねじを食らわされる理由がどこにある。

「一体いくつやねん」とだけ言って、私は電話を切った。胸のなかには罵詈雑言が溢れていたが、怒りが洪水のように押し寄せて、言葉の出口を失った。好きにすればいい。開いていた扉を閉じたのは、彼なのだ。

それにしても、一体どこで拗れたのか、人の感情というのは難しいものだ。

思うに、彼は、やはり、なにか言いにくいことを頼むつもりだったのだろう。その負い目が、いよいよというときになって、彼の足を竦ませた。「一時間しか取れない」という私の事務的な返事を、「拒絶」と受け取ったのだ。

そんな彼の葛藤くらい、私にだって簡単に想像できる。だが、素っ気ない返事になったのは、無理して時間調整した慌ただしさが、そのまま口調に表れただけのことだ。まったく他意はない。言葉はどうあれ、時間をつくった。こうじゃないか、ああじゃないかと先まわりをして心配し、いろいろな手立てを考えてもいた。われながら、じゅうぶんに親切だと思うが、それ以上のどんな対応を彼は期待していたというのだろう。勝手にストーリーを描いておいて、シナリオが途中で狂ったからといって、不満をぶつけたり、いじけた態度を見せたりするのは、甚だ滑稽な一人芝居ではないか。

考えてみれば、同情心ほど、両者にとってバランスの取りにくい感情はない。

「かわいそう」と思えるのは、人間関係に一定の距離を保っていられるあいだで、相手が無遠慮に覆いかぶさってくると、一瞬のうちに「迷惑」に転じる。逆に、こちらが必要以上に手を差し伸べると、その「愛情」は支配的となり、知らぬ間に相手の自尊心を侵蝕する場合もある。

興味深いことに、「いとほし」という古語には、「気の毒だ」「困る・嫌だ」「愛おしい」という三つの意味用法がある。同情が嫌悪に変わったり、同情が溺愛に嵩じたりする、人情の機微をひとつの語のなかに併せ持っているのだ。現代語では、わずかに音が転じ、「労しい」「厭わしい」「愛おしい」の三語に分かれたが、一語で言い得た古語のほうが、奥行きが深い。

つまり、同情心とは、単純な「憐れみ」ではなく、はじめから「困惑」と「愛情」とをアンビバレント（両面価値的）に内包していて、そのあいだを絶えず揺れ動く複雑な感情なのだ。

はじめから、そういうものだと心得ておけば、お互いに過剰な気遣いをせずにすむ。人にものを頼むということは、相手からすれば、そもそもが「迷惑」な話なのである。時間を割き、話を聞いてくれただけでも、じゅうぶんに「愛情深い」というべきである。助けてもらえたらありがたいが、助けてもらえなくても恨む筋合いではないのだ。

一方、頼まれたほうも、心のなかに相反する感情が渦巻くのが当然で、それが「憐れみ」なのか「困惑」なのか「愛情」なのかと、自分を追い詰める必要はない。面倒を避けたいと思うのは社会的本能で、犠牲を払うことのできる範囲は、年齢や立場や人間関係の密度に応じておのずと限定される。そのなかで、なんとか尽力するしかないだろう。

人は、人に支えられて生きている。だれにも頼らずに生涯を終えることはできないし、仮にできたにせよ、それはそれで寂しい人生に違いない。助けたり、助けられたりするから、人間なのである。頼ることもあれば、頼られることもあるわけで、私も例外ではない。

ただ、甘えにも節度というものがあり、善意にも限度はある。どれほどの甘えなら許され、どこまでの厚意を得られるか、人間関係の価値勘定(かんじょう)は、どんな場合も「頼む側」がするものではない。それも含め、信頼して相手に委(ゆだ)ねるのが「頼る」ということだと思う。

それさえ心得ていれば、多くの人間関係は、情け深く、あたたかく、思いのほか愛おしいものである。

心ゆくもの

◆気持ちのよいもの

「生」の手触りは、人と人との間にある

みなさんは、「ネトゲ」という言葉をご存じだろうか。

一週間くらい前だったか、かつて所属していた予備校の先輩講師から電話があって、

私は、はじめてその単語を知った。しばらく互いの近況を報告し合ったあと、おもむろに先輩が話を切り出したのだ。

――息子がね。いや、息子たって、三十半ばもいいところなんだけどさ。「ネトゲ」っていうの？　毎晩それに取り憑かれちゃっててさ。廃人になっちゃうんじゃないかと心配でね。

引退して悠々自適の生活を送っているはずの先輩が、「他に相談できる当てもなくってね」と悲痛な声である。

――「ネトゲ」って、なんですか？

聞き返す私の頭のなかには、事態の深刻さとは裏腹に、水木しげるの「目玉オヤジ」みたいな妖怪が浮かんでいた。ちょうど、その日の朝から、連続テレビ小説『ゲゲゲの女房』が始まったせいもある。「ネトゲ」が、どうしても「ネトネトした妖怪変化」に空想されて、不謹慎ながらツボにはまり、笑いそうになるのを堪えていた。

もちろん、妖怪マンガのわけはない。「ネトゲ」は若者言葉で、「インターネット・ゲーム」の略語だった。だが、先輩の長い話を聞くうちに、私は、別の意味で、恐ろしい「魔モノ」を見た気がした。

息子は、仕事から帰ると、一分も経たないうちに、パソコンのスイッチを入れるのだそうだ。画面が立ち上がるあいだに、スーツを脱いでスウェットに着替えるのだが、そのあいだも、目は画面から離れることがない。ペットボトルの飲み物とスナック菓子をそばに置いてスタンバイすると、そこから、延々と朝までゲームをやり続けるのだという。寝不足が祟(たた)って、だんだんと遅刻やミスが増え、ついには無断欠勤が重なった。

なぜそこまでのめり込むのか。ネットゲームは、従来のファミコンなどと違って、世界中に仲間がいるのだ。登録者が、入れ代わり立ち代わりゲームのなかに入ってくる。助言をしたり、援護をしたりと、人の手で任意にゲームが動く。だから、「終わり」がない。

じつを言うと、このあきれた息子の姿を見るに至ったのは、心配した会社の上司から親元に連絡が入ったためである。別々に住んでいたので、親は、息子がすっかり自立したものと安心していたのだ。

彼は、就職氷河期にぶつかった、いわゆるロスト・ジェネレーション（失われた世代）のひとりである。地方の国立大学を出たが、典型的な理系の男子で、寡黙(かもく)なタイプだった。IT企業の研究畑(ばた)を狙ったが、数十社を受けても内定は得られず、職種を広げる柔軟性もないままに、ずるずると就職浪人したらしい。アルバイトで食いつなぐも長続きはせず、転々とした末に、派遣社員として自動車部品の組み立て工場に落ち着いたのが、数年前だった。

ところが、仕事は、ベルトコンベアーと向き合うだけの孤独な作業である。ベルトの速度はノルマに従って固定され、手先に神経を集中させて、息つく暇もない。無断欠勤の理由を父親に問い質された息子は、「自分が機械の一部になったみたいだった」とぼそっと呟いた。

だが、彼が「機械の一部」になり果てたのは、自分から「人間の営み」を求めなかったせいもある。作業中はともかく、休憩時間や就労後のオフタイムにも、彼はだれとも交わろうとしなかった。友達もなく、恋人もなく、住まいと工場をただ往復する日々。家族にも連絡しなかったのは、心配をかけたくなかったからだという。

一日中、だれとも話をしない生活は、かなり苦痛なものである。

私も、大学受験に失敗して上京した予備校の寮生活で、世間と没交渉の日々を送ったことがある。受験の不安が重くのしかかり、寮生は、ライバル意識で神経がピリピリしていた。殺伐とした空気のなか、じっと身を潜めるようにして部屋に籠り、朝から晩まで勉強していると、頭が変になりそうだった。孤独が精神を蝕んでいたのだろう。隣の小学校で鳴くジージーという蟬の声が「死ね、死ね」と聞こえたり、夜明け前の鶏のコケコッコーが「アホちゃうかぁ」に聞こえたり。自分でも、我慢が限界に達しているとわかった。

私は、思い切って、ほかの寮生と話をすることにした。迷惑がられてもいい、嫌味を言われてもいい。無理に用事をつくって、立ち話程度の会話を試みた。確か、はじめは、「鉛筆削りを貸してほしい」という程度のきっかけだったと思う。お礼に、かわいいイラスト入りの消しゴムを上げたら、喜んでくれた。

そうして、少しずつ話してみると、意地悪そうに見えた隣人たちは、私と同じく地方出身で、都会に不慣れな臆病者に過ぎなかった。お互いに、素朴な本性を隠し、強く見せたいがための虚勢を張っていただけなのだ。

人は、人のなかに入ってはじめて「人間」になる。大親友というほどのつながりでなくてもいい。価値観が合うとかなんとか、大仰に構える必要もない。極端に言えば、ただ声を発することのできる相手、というだけでいいのだ。さらりと世間話が交わせる程度の相手がいれば、それでじゅうぶん救われる。

気持ちのよいもの◆ひとりでやるせない気分のときに、たいして親しいというわけでもなく、かといって疎遠でもない客人が来て、世間話をし、近ごろあった出来事の、おもしろい話でも、腹の立つ話でも、奇妙な話でも、あれやこれやと話題豊富に、仕事のことでも私事（わたくしごと）でも、よく事情に通じていて、聞き苦しくない程度に得意そうに話してくれるのは、本当に胸の晴れる思いがする。

先輩の息子は、その「救い」をネットのなかの人物に求めた。参加者それぞれが、本名を隠してハンドルネームを使い、架空の人物になりきることで、ふだんは言えないセリフも平気で発することができるのだという。その気になりさえすれば、スーパーヒーローにだってなれるし、美少女キャラにだってなれるのだ。

ゲームの途中でトラブルに遭い、「助けて！」と叫ぶと、だれかが「了解、援護するよ！」と応じてくれる。逆に、困っている仲間を見つけたら、自分が救う。こうして、ネット上で、友人になったり、恋人になったり、場合によっては、結婚式まで挙げるのだ。

すべての人間関係が虚構に過ぎないことは、本人が一番よく知っている。その空（むな）しさを客観視する勇気がないから、今日も画面の向こうに生きるしかないのだ。「依存」に向かう負の螺旋形（スパイラル）である。

彼がパソコンから離れるのは、トイレと食事のときだけ。その食事も、すべてレトルトやインスタントなのだが、お湯が沸く数分間もイライラして待てない。

はじめて息子の部屋を訪ねた父親は、あまりの光景に目を覆ったという。物が足の踏み場もないほど散乱し、レトルトの袋や発泡スチロールの器が汚れたまま放置され、部屋中に異臭が立ち込めていたのだ。そのなかに、風呂にも入らぬ汚れた息子が、目に隈をつくって座っていた。

この自堕落な生活から彼を引きずり出すには、どうすればよいのか。私たちは、依存から立ち直らせるための「自立塾」なるものを見つけ出した。もちろん、インターネットで検索したのである。「ネット病の治療機関をネットで探すとは、皮肉なものだ」と先輩は呟いた。

いや、文明の利器というものは、使い手の心がけひとつで毒にも薬にもなる。

父親が介入し、専門家が治療することで、いつか彼は悪夢から解放されるだろう。目覚めた彼の目に、優しい家族や懐かしい旧友の笑顔が「実寸大」で映る日もあると信じたい。もちろん、人間関係には、彼が「ウザイ」と感じるような局面も必ずある。だが、それも含め、さまざまな凹凸の手触りがあるのが現実の人生なのだ。

いま、巷には、彼と同じような「ネトゲ廃人」が急増している。

パソコンという棲家(すみか)に網(ネット)を張り、夜な夜な跋扈(ばっこ)する「孤独」という名の魑魅魍魎(ちみもうりょう)。学校も試験も、仕事も家庭も、「なんにもない」お化(ば)けになって、人生の墓場で、死んだように「魔界」の虚偽を生きている。

だが、本当に人生を「心ゆく」まで楽しむためには、暗幕のようなカーテンを剝(は)ぎ取り、埃(ほこり)だらけの窓を全開にして、白日(はくじつ)のもと、あるがままの「人間世界」を直視するしかあるまい。

心づきなきもの

◆気に食わないもの

悪人ではないのに、嫌われる人

どうも好きになれない、という人がいる。別に悪い人ではない。本人にもまったく悪気はない。それなのに、やること、なすこと、いちいち癇(かん)に障(さわ)る。「心づきなし」は、こういう感情を表すのにぴったりの古語である。

「心付き無し」の字のとおり、心にくっつかないというのが原義で、相手の言動が自分の好みに合わない感じをいう。

気に食わないもの◆召使いが、「私のことはかわいがってくださらない。だれそれさんが、現在のお気に入り」などと言うのを、小耳にはさんだの。ちょっとにくらしい感じの人が、当て推量をしたり、筋違いな恨みを持ったりして、自分だけ偉そうな顔をしているの。……
うっとうしくにくらしいと思っている人が、こっちがそっけなく言っても、ぴったりとくっついて親密な態度を取っているの。「少し気分が悪い」などと言うと、いつもよりも近くに臥して、物を食べさせ、気の毒がり、別になんとも思ってはいないのに、まとわりついて追従し、世話を引き受けて大騒ぎするの。

ひと言でいうと、「粘着」気質ということになろうか。人との距離が測れず、やたらとくっつきたがる人たちである。絶えず「愛されている」ことを確認し、根拠もなしに「愛されていない」と思い込み、過剰なサービスで「愛している」ことを示そうとする。

思春期の中学生女子の世界ではよくあることで、たいていの女性は、この種の「べッタリ感」を一度は体験している。

　昨日まで見知らぬ他人だったのに、座席替えで隣に座ったというだけで、「アタシたち、今日から親友ね！」などと言われる。それはちょっと違うのではないかと、心にわずかな違和感を覚えるが、「別に」と不機嫌を露わにするほどの根性はない。曖昧な笑みを返したら、それが既成事実となって、「トイレまで一緒」の女学生生活が始まるのだ。

　自由行動のイベントなのに「ここ、ここ、席取っといたよ」などと手を振られ、お気に入りの鞄も文具も「ほら、オソロよ」と勝手にお揃いにされ、人からもらった手紙も「なに、なに？」と覗き込まれて、ひとりになれない。

　ねっとりした空気が息苦しくて、他の女子たちとの交流を試みる。「友達はあなたひとりじゃないの」という暗黙のメッセージだ。口で言うと角が立つから、それとなく知らせようと気を遣ったつもりが、拗ねたり泣かれたりして、だれの目にも悪者はこちらである。「アタシのどこがいけないの？」などと言われた日には、古女房に詰め寄られた浮気亭主の気分だ。だが、「そんなつもりはなかったんだけど」などと言い訳したが最後、「いいわ、許してあげる」と言われて、気づいたら、罪を認めた形に寄り切られている。

なんて、うっとうしい。別にこれという実害はないのだが、顔のまわりをブンブン飛びまわる蠅のようなもので、気になりだすと、どんどん不快感が増していく。

未成熟な少女期の1コマなら、麻疹のように、時が過ぎればケロッとしていられるが、これが、大人の世界になると、事態はもっと深刻だ。

気のない女性に、頼みもしない手作り弁当などを渡され、悪いからと思って受け取っていたら、周囲がその甲斐甲斐しさを「ステディな関係」と誤解した。そんな羽目に陥った男性はいないだろうか。「もういいよ」と言っても、「遠慮しないで」と肩透かしを食らう。

つき合うつもりのない男性が、なにかと世話を焼いてくれるのを、イヤとも言えずに苦笑いでかわしていたら、相手はすっかり恋人気分だった。そんな経験をした女性も多いだろう。「困ります」と言っても、「照れるなよ」とどこまでも勘違いに終始する。

私生活ならまだしも、職場では関係を断つわけにもいかない。どう応じるべきかをいちいち考えていたら、ストレスの塊になってしまう。

我慢の限界が来て、「やめて!」と叫んでも、本人は驚いてきょとんとするだけだ。「こんなに親切にしているのに、どこが悪い?」と言われたら、言葉では表現しづらい。

「虫の好かないヤツ」ということだが、本人を前にして、まさかそうとも言えないだろう。

譬えて言うなら、こういうことだ。花に「水」はないと困るが、「必要以上の水やり」は「根腐れ」を引き起こす。愛情も、親切も、「ほどほど」の加減を過ぎると、相手にとっては迷惑なのだ。

誤解を恐れずに言うと、このタイプの人がよく「いじめられた」と言うのは、多分にその粘着気質のせいである。「イジメ」と言っても、社会問題になっている「暴力」「暴言」「存在否定」などの陰湿な類ではない。ただなんとなくの「疎外感」を言っているのだが、本当に被害を感じているのは、むしろ周囲のほうだとは気づいていない。言うに言えない我慢を、「しらけた空気」で伝えようとしているのだが、なにしろ本人には悪気がないので、謂れのない「無視」を受けたと解釈する。

もしも、自分は善人だと思うのになぜか嫌われるという人は、その「愛情過多」が他人を窒息させていないか、一歩引いて考えてみてはどうだろう。

大人と大人の距離感について、おもしろい記述を読んだことがある。半径1メートル以内に無遠慮に近づくものを、人は生理学的に「敵」と見なす、というのだ。「1メートル」という数値が正確かどうかはともかく、人があまりに接近すると防衛本能が働くのは事実で、だから、満員電車や人混みに私たちは極度のストレスを覚える。逆に、1メートル圏内に踏み込んでも、相手が自然な笑顔で迎えてくれるなら、かなりの親密度と思ってよいだろう。

精神的な距離は、肉体的な距離とおおむね一致する。だから、人の気持ちを察することが苦手という人は、自分から先に距離を詰めないように心がけると、トラブルにならない。相手がどれくらいの空間を置いて自分と相対(あいたい)するか、その位置を見定めると、現時点の心の距離もおのずとわかる。それが「1メートル」程度なら、嫌われているのではなく、「ふつう」の関係だと安心しよう。おおかたの人は、たいてい、それくらいの距離で向かい合う。被害意識を持たないで、そこから、じっくりと信頼関係を築けばよい。

もちろん、どんなに親しくても、気分によって、調子によって、距離は日ごとに揺れ動く。少し離れた気がしても、ジタバタするのはよろしくない。学校や会社でなにかイヤなことがあったせいかもしれない。逆に、こちらが他で感じたストレスを無意識に発散していたせいかもしれない。わざとつくった距離が、相手のさりげない気遣(づか)いということもあるのだ。それを嫌われたと思い込み、「どうして?」などと迫っていくと、相手は異常な圧迫感に戸惑う。

親しき仲にも、プライバシーはある。「ひとりの時間」を許さない愛情は、酸素のない空間と同じで、息ができない。逆説的ではあるが、遠慮なく「距離を置く」ことのできる関係こそ、もっとも「近しい間柄」と言えるかもしれない。

人にあなづらるるもの

◆人にばかにされるもの

「いじられる人」は幸いである

人にばかにされるもの ◆ あまりにも気がいい人だとみなに知られている人。

本人は至ってまじめなのに、なぜか人に侮られ、笑われ者になる人がいる。自分がどう見られているか、大人になれば他人の視線や思惑が気になるものだが、そんなことにはまったく頓着しない、「素のまま」の人だ。ちなみに、関西では、これを「天然」と呼ぶ。

『枕草子』には、三人の「天然」がいて、あちこちの章段に登場する。私は、彼らを密かに「平安の羞恥心トリオ」と呼んでいるのだが、せっかくだから順にご紹介しよう。

まずは、源方弘（みなもとのまさひろ）である。

役職は、六位の蔵人（くろうど）。儀式ばったことの多い職業柄、気品ある所作（しょさ）が要求されるにもかかわらず、彼は、かなりピントのずれた粗忽者（そこつもの）だった。

方弘は、ひどく笑いものにされる者だ。……除目（じもく）の第二夜、燈（ともしび）にさし油をするのに、燈台の下の敷物を踏んで立っていたところ、新しい油単（ゆたん）だったので、足がぺたりとくっついてしまった。それをそのままにして、さっさと歩いてもどるものだから、燈台は倒れてしまうは、襪（しとうず）は敷物にくっついて行くは、彼の通り道は大地震動の大騒ぎとなった。

また、蔵人の頭（とう）がご着席にならないうちは、殿上（てんじょう）の間（ま）の台盤（だいばん）にはだれも着席しないものなのだが、方弘は、豆一盛（ひともり）を台盤から取って、小障子（こしょうじ）の陰でこっそり食べていた。それを、だれかが引きのけて丸見えにし、みな大笑いに笑ったということだ。

＊除目＝諸官の任命式　燈台＝室内用の燈火　油単＝油をひいた単（ひとえ）の布や紙。現在の油紙の類。燈台の下に敷いて、床が汚れるのを防ぐ　襪＝指のない足袋　蔵人の頭＝蔵人所の長官　台盤＝殿

これを劇化するなら、方弘役は、志村けんに決まりだ。足に貼りついた油紙と一緒に、燈台も敷物もぞろぞろ連れていくさまは、「ひげオヤジ」さながらの腰つきでへなへなと歩いてほしい。こっそり豆を食べ、衝立を取り払われてきょとんとするさまも、「バカ殿」みたいで本当におもしろい。この事態にオチをつくるには、やはり、手のひらギロチンの「アイ～ン」しかないだろう。これが、天皇の側近だというのだから、宮中というところも懐が深い。

次にご紹介するのは、源宣方。

宮中の警備や天皇行幸の警護を担当する近衛府の中将である。

宣方は、仕事柄、同じく中将の藤原斉信と仲良しコンビで行動するのだが、その斉信が宮中きっての「モテ男」だったことが、彼の不幸だった。姿もよく、頭の回転もはやい斉信は、清少納言の大のお気に入りで、ふたりはよくオシャレな会話を楽しむ。

例えば、男女の噂話にも、「囲碁」の用語を使い、親密さの度合いを、「置き石を許した」「寄せは終わった」「石を崩すところまでは行った」などと、ふたりだけの隠語で話すのだ。ついていけない宣方は、「なんのこと、なんのこと？」と首を突っ込んでくる。清少納言は知らん顔でやり過ごすが、斉信が教えてやるものだから、宣方は隠語を使いたくてたまらない。

源宣方中将は、自分も知っていることを、早く知らせたくて、わざわざ私を呼び出し、「碁盤はありますか。私も碁を打ってもらいたいが、どうですか。何目か『手合割をお許しになる』でしょうか。腕は斉信中将と『互角』です。分け隔てなさらぬように」と言う……

＊手合割＝対局者間の技量差を埋めるため、優秀なほうに負担を課す条件。相手に先に置くことを許す石数を決める

「手合割を許す」とは、「ハンデ」を与えることをいう囲碁用語で、宣方としては、「私にも少し気を許してくれないか」と隠語で口説いたつもり。また、「斉信と互角」も「愛情のほどは彼といい勝負」と訴えたつもりなのだが、う〜む、まったくわかっちゃいない。「碁盤はあるか」と訊いた時点で、もはや隠語ではなく、文字どおりの囲碁勝負になるじゃないか。それでも、平気で押し切れるところが、「天然」の強みである。

　こうして、いつも、宣方は、斉信にあやかろうとしては、その猿真似が物笑いの種になる。譬えが古いが、加山雄三の若大将に対抗する、田中邦衛扮する青大将の悪戦苦闘に似ている。

　さて、最後は、極めつきの人物、清少納言の「もと夫」、橘則光である。

　清少納言が、宮中の派閥争いに巻き込まれ、「敵方のスパイ」のように噂されたときのこと。傷心の彼女は、実家に身を隠した。居場所を知らせていたのは、ごく少数の人だけ。そのなかに「則光」も含まれていた。なにしろ、彼は前夫である。離婚しても、「兄」「妹」と呼び合うような仲だったというから、近親者としての情は消えなかったのだろう。陰謀渦巻く宮中のなかで、則光は、彼女が唯一「腹を探る必要のない相手」だった。

　ただ、問題がひとつ。彼女に対して「腹蔵がない」ように、彼は、だれに対しても隠しごとができない。斉信に「居場所を教えろ」としつこく訊かれて、つい口を割りそうになった。

　以下は、その場をなんとか切り抜けた則光の、清少納言への報告である。

「知っていることを知らないと逆らうのは、たいそうつらいことだよ。あや

> うく笑いそうになったから、苦しまぎれに、台盤の上の和布を取って、食いに食ってごまかしたんだ。食事時でもないのに妙な物を食うと、人々も思っただろうね。けれども、うまくそれで、居場所を申さずにすんだ。もし私が笑っていたら、ぶち壊しになるところだったよ。どうやら本当に知らないらしいと斉信中将がお思いになったのも、おかしくて」

乾燥ワカメが、口のなかで爆発的に膨らんだ様子を想像してほしい。そんな奇妙キテレツな行動は、かえって逆効果ではないか。それなのに、本人は、「してやったり」の自慢話をしに来たのだ。まったく以って、救いがたい。阿部サダヲに演じさせたい役柄である。

その後も、彼は、居場所を問われるたびに「困った、どうしよう。指示をください」などと手紙をよこす。怒りが爆発した清少納言は、返事は書かず、一寸ほどの和布を紙に包んで送りつけた。「もう一度、口に突っ込んで黙ってなさいよ！」という暗示だ。しかし、則光はこれを理解せず、「ヘンな贈り物」と首を傾げた。あまりのおバカぶりに目眩がする。

さて、この「羞恥心トリオ」の三人だが、彼らにはふたつの共通点がある。

ひとつは、「天然ボケ」の短所とは裏腹に、長所というべき「美点」を有していることだ。

方弘は、蔵人になる前、文章生として、大学寮で「紀伝」や「詩文」を学び、さらには、宮廷の礼式を扱う式部省の試験にも合格した。つまり、優れた「学才」の持ち主である。

宣方は、近衛府の中将だが、この役職は、摂関家・大臣家の出であることを原則とする。彼は左大臣の息子。身分社会のこの時代、「出自」が高いことは絶対的な美点である。

また、則光は、「武勇」に優れ、『今昔物語』には怪漢三人を斬った話が、『江談抄』には斉信の家で盗人を捕らえた話が記されている。

つまり、彼らには、依って立つべき「誇り」があるのだ。だからこそ、「失態」との落差が際立って滑稽なのだが、逆に言うと、だからこそ、人々は安心して笑えるのでもある。なにも誇るところのない、本当の「低能バカ」なら、あまりに気の毒で、手放しでは笑えない。

もうひとつの共通点は、彼らの「氏」にある。中央政府の高官をほぼ独占していた「藤原氏」と違って、方弘と宣方は「源氏」、則光は「橘氏」で、ともに権力の中枢にはない。これがまた安心材料として働き、人々は遠慮もなく爆笑するのである。仮に、これが「藤原氏」のだれかなら、目を逸らし、見なかったことにするだろう。そこにあるのは「幻滅」や「軽蔑」であって、この三人に見せたような「明るい失笑」ではないはずだ。

愛すべき三人の「イジられキャラ」に乾杯！　彼らは、人々の輪のなかにいて、決して「鼻つまみ者」ではない。「イジメ」に神経を尖らせる昨今は、こういう類の笑いも社会から抹殺する傾向にあるが、それは、あまりに偏狭で、「開放的な笑い」を、むしろ陰に籠らせはしないかと私は危惧している。

常識ある人間は、無意識のうちに「からかっても大丈夫な人」を選んでいる。その証拠に、この三人はいっこうに傷ついた様子もなく、存分に「素のまま」を楽しんでいる。大切なのは、その笑いのルールを、みんなが心得ていることなのだ。

にげなきもの　―千年経っても交わらない二人

◆似つかわしくないもの

「似気無し」と書けば、意味は察せられる。「似合わない」「ふさわしくない」など、不相応だったり、不釣合いだったりすることから来る不快感を表す。

> 似つかわしくないもの◆下々の者の板屋に雪が降っているの。また、そうした家に月が差し込んでいるのも、たいへんもったいない感じだ。……年とった女が、身籠って迫り出したお腹を抱えて息を切らしながら出歩くの。また、そうした女が、若い男を夫にしているのだけでもたいへんみっともないのに、男がほかの女のもとに行くというので、やきもちを焼いているの。

本当は、このあとも、いろいろな「似つかわしくないもの」が列挙される。ここで切ってしまうと、「高齢の妊婦」が「下々の者の板屋」のように見苦しく、「若い男」が「雪」や「月光」のように美しく見えて、あまりに酷い対比になってしまうのだが、しかたがない。じつのところ、作者は、そのくらいのつもりで書いているのだ。

この「毒舌」のために、清少納言を嫌う読者もある。現代のような「弱者保護」の立場からすれば、あまりに差別的な発言だからだ。

だが、作者の視点を「写真家」のそれに譬えると、毛嫌いしている読者にも多少の共感は得られる。屋根の雪は同じでも、錆びついたトタン屋根と、茅葺きの古民家とでは、趣が異なって当然ではないか。清少納言の眼はカメラレンズのように冷徹で、テーマに沿った対象を見つけると、反射的にフォーカスし、パシャリとシャッターを切る。

そうして、今回は「似つかわしくないもの」というテーマの個展と相成ったのだ。「みすぼらしい板屋には、月の光が明るく差し込むのももったいない」などという表現は、絞りをうまく調整して板屋を陰影にし、月光を白く際立たせたモノクロ写真を思わせる。

それにしても、「高齢の妊婦」の記述は、いま現在そのようなお立場にいらっしゃる方々には、まことに申し訳ない。

一千年前の話である。男女とも、十二歳くらいで成人し、すぐに結婚して子どもを儲けるのがふつうの時代だった。女性の平均寿命は三十七歳。なかには長生きする人もいるが、医術の未熟を考えれば、やはり「人生四十年」の生涯設計だったと思われ、老いのスピードはいまよりはやい。「年とった女」は、出産能力からして三十代半ばの実年齢だろうが、生活年齢は現代の五十代後半くらいだろうか。

当時は自然分娩だからこれが初産とは到底思えず、それなのに、夫は「年下の若い男」だという。この時代の風習から察するに、女性のほうは、十代で初婚・出産を経験し、その後、離婚と再婚を繰り返したのだろう。孫がいてもおかしくない年齢になって、親子ほども年の違う男を通わせ、子どもを産もうとしているのだ。しかも、一夫多妻のこの時代に、ほかに通い所があるといって悋気を起こす。

清少納言の審美眼が、これを「にげなきもの」としたのは、単に「高齢妊婦の姿態」を見咎めたのではない。一体いつまで「お・ん・な」の領域でもがき喘ぐのか、この年になっても「男」を卒業できない年齢不相応な欲深さが、息を切らして歩きまわる大きなお腹に象徴されているのだと思う。

そもそも作者は、年齢にかかわらず、女性が、世間を知らずに家庭に引き籠り、夫だけを生きる縁とすることを、よしとしていない。別の章段には、次のような記述が見られる。

前途にこれといった望みもなく、一途に平凡な家庭を守り、ささやかな幸福を本物と夢見て、じっとして暮らしているような人は、私には、うっとうしく軽蔑すべき人のように思われて、やはり、しかるべき身分の人の娘などは、宮中に出仕させて、世間というものも見せて馴れさせたく、内侍などにでもしばらく就かせておきたいと思われることだ。

「宮仕えをする女は軽薄だ」などと、世間体の悪いもののように思ったり言ったりする男は、本当ににくらしい。……宮仕え経験のあとから、主婦の座に腰を据えて納まりきった人は、とはいえ、たいへんよろしい。……宮中の事情に通じた奥方なら、いくらなんでも、田舎者丸出しの恥ずかしいことを人に尋ね聞いたりはしないだろう、と魅力的に思われる。

＊内侍＝天皇に仕え、伝達や取り次ぎ、宮中の礼式・雑事などを司る女官

つまり、家庭の主婦であっても、世間と渡り合い、一家を切り盛りする点においては、「秘書」のような役割と捉えているのである。

世間知らずを「無垢」の証とする男性の考え方は、現代にも「箱入り娘」という表現で残っている。見合いの席では、「ずっと親元で花嫁修業をなさったお嬢さま」などという仲人の紹介がなによりの太鼓判となるのだから、それが、男性のみならず、舅姑に当たる親御さんの「理想のお嫁さん像」でもあるのだろう。

若い未婚女性がひとり暮らしをすれば、生活がだらしなくなると見られ、外で働けば、小賢しく世間ずれするかのように非難される。私が、十八歳で兵庫の田舎から東京に出るときも、母が代わりに祖母から小言を聞かされていた。母はさすがに楯にな

ってくれたが、くれぐれも注意するようにと何度も念を押したことを思えば、内心は同じだったのかもしれない。

祖母の言い分が、まったくの時代錯誤でもないことを、私は上京後に思い知った。若い女が親の庇護から離れるということは、本人の意志にかかわらず、さまざまな誘惑を引き寄せるものなのだ。だが、そうであっても、清少納言はひるまない。「それは、男性だって同じことだろう」と切り捨てる。

『枕草子』のこの章段をはじめて読んだのは、上京して一年あまりが過ぎたときだった。大学の図書館で、暇に任せてパラパラとページをめくっていたら、向こうから目に飛び込んで来た。そのときの衝撃を、私はいまも忘れない。遥か古の時代に、祖母よりも母よりもリベラル（自由主義的）な考えの女性がいたなんて、想像もつかないことだった。

社会は、まさに「女性解放」の時代。「ウーマン・リブ」という言葉が巷に溢れ、「女は男の従属物ではない」「キャリアウーマンとして自立せよ」などと書いたプラカードを手に、女性運動家がデモを行ない、マスメディアを通じて「男女平等」を声高に叫んでいた。

時代のシャワーを浴びずに暮らすことは、若者には難しい。おそらく、私も例外ではなかっただろう。そもそも、大学進学という名目で東京に出たのも、前近代的な田舎の因習から脱け出したかったからにほかならない。

だが、現実はそんなに甘くはなかった。本気で働く女性は、男性からも女性からも支持されなかったのだ。

職場では、「男性と対等」どころか、逆に「それ以上」の実績が必要とされ、家庭では、「専業主婦に等しい」妻を要求された。「平等」とは、仕事も家事も完璧にこなす「スーパーウーマン」になることを意味した。そうして、全力で走り続けたその先には、出産や育児を前にした「二者択一」の踏み絵が用意されている。だから、この時代の「キャリアウーマン」は、悩み抜いた末、子どもを諦めた人がたくさんいる。

あれから三十年。私は、この原稿を書きながら、窓越しにときどき天空を仰いでみる。いまごろ、女性飛行士の山崎直子さんが、宇宙ステーションでロボットアームを操作しているだろうか。

飛行士の候補に選ばれたとき、彼女はまだ独身だった。厳しい訓練を続けながら、二歳年下の夫と結婚し、娘を出産し、渡米してミッションスペシャリスト（搭乗運用技術者）の認定まで取得した。十一年の歳月を経て、ようやくシャトルに乗る日が来たのだ。

「キャリア」と「夫」と「子ども」——女性が憧れる幸福のすべてを、彼女は両手いっぱいに抱えて、いま宇宙にいる。なぜそんなことが可能だったのか。過去の女性が諦めてきたものを、夫が代わりに諦めてくれたからである。

夫は、国際宇宙ステーションの管制官になる夢を捨て、家事をこなし、娘の世話をし、親の介護も引き受けた。単身赴任のママは「写真のなかにいる」としか思っていない娘のために、ついには日本での仕事まで辞めて、渡米を決意したという。

妻の仕事を全面的に支える夫。そんな殊勝な男性がいるとは、さすがの清少納言も驚きだろう。だが、この夫婦にも危機はあった。妻は「つらかったのは家族の理解を得ること」と言い、「離婚を考えてふたりで裁判所まで行った」と話す。シャトル打ち上げの日、遠ざかるオレンジの炎を見つめて、夫は「誇りに思う」とコメントした。想像を絶する数々の葛藤を乗り越えてのことに違いない。

このニュースに、世の男性陣は言う。「ボクは、こんな強い妻はイヤだ」「仕事は家事をこなすのが前提さ」「いや、オレは主夫したっていいよ。妻がそこまでの能力ならね」。う〜む、最後のひと言だけは、手厳しいが納得せぬでもない。

ただ、よく考えてみてほしい。そのセリフは、あなたの妻の心のなかで必ず反転する。「私は主婦してるわよ、あなたがそこまでの男であろうとなかろうと」。熟年カップルの倦怠と思うことなかれ、新婚も油断はならない。ついこのあいだまで一緒に机を並べ、成績で負かしていた「男子」が、結婚した途端に、下着も靴下も当たり前のようにポイと脱ぎ捨てる。それを拾った新妻は、洗濯機を覗き込みながら、自分にこんなことをさせる「夫」とは如何ほどの者かと、早くもくたびれた結婚の値打ちを洗い流す思案をしている。

はてさて、時代は変わったのか。私は、今日も、宇宙を見つめて考える。「似つかわしくないもの」の俎上に載せられるべき永遠のテーマは、一千年経っても交わらない「男」と「女」の結婚観なのではないだろうか。

はづかしきもの

◆気おくれを感じるもの

「あなた任せ」ゆえに、女は深読みする

現代語の「恥ずかしい」とはニュアンスが違う。こちらが恥を感じるほど相手が「優れている」というのが、もとの意味だ。そこから、相手の優位性に対して、自分が引け目を感じるという用法が生まれ、「気がひける」「頭が上がらない」などの意味でも使うようになった。

思ったことをずけずけと言ってのける清少納言が、「気おくれ」を感じて一歩退いてしまうもの。それは、意外にも「男性」だという。

気おくれを感じるもの◆男の心のうち。……男というものは、相手の女のことを、「嫌なことに、理想とするところには合わず、歯痒く気に食わない点がある」と思っていても、目の前にいる女に対しては、調子よくおだて、期待を持たせるところがあるのが、女の私は気おくれを感じる。まして、女にやさしく、色好みと評判の男などは、女が粗末にされたと思うようなへまな扱いはしやしない。……そのくせ、この女の悪口はあの女に話し、あの女の欠点はこの女にしゃべって聞かせるようだが、女のほうは、自分も言われているとは知らないで、こんなふうにほかの女の悪口を話して聞かせるのは、「自分が一番愛されているようだわ」と、うぬぼれやしないだろうか。

つまり、この「気おくれ」は、愛されているのか、騙されているのか、男性の本心を摑みかねている女性の「心理的な後退り」といっていい。

私には、男友達が多くて、若いときからよく恋愛相談を受けたものだが、彼らが共通して不思議がることに、女性はなぜ頻繁に「ねぇ、私を愛してる?」と訊きたがるのか、というのがある。一度や二度ならかわいいが、そうそう何度も確認されるとうんざりするらしい。

——愛しているから、こうして会っているんだ。愛しているから、時間もお金も使う。いま楽しいだろ? それでいいじゃないか。これ以上に、なにをどう証明しろというんだ!

と、私にまで怒り出す。仰せのとおりだ。「こんなによくしてもらっているのに、疑ってごめんなさい」と、関係諸女史を代表して謝っておこう。

だが、恋人の肩を抱いて歩きながら、目でほかの女性を追ったことはないか。好きな女性でなくても、機会が与えられれば、デートくらいのことはしないか。男性の心が時にふらりと揺れる、そのわずかな隙を女性は敏感に察知している。

なかには、こっちを確保したうえに、あっちもそっちもというような不埒な男性もいて、自分の夫や恋人だけは例外だと思いたいが、果たして信じるに足りるのか。あるいは、それぞれの女に「別の顔」を見せ、「違う話」をしていることだって、じゅうぶんにあり得るのだ。

太古の昔から、男が「うろつく種」であることを、女は遺伝情報として知っているのではないだろうか。「ねえ、私を愛してる?」は、きっとDNAが言わせているのだ。そうからかうと、たいていの男性はふふんと鼻を鳴らして苦笑いする。認めるのはまずいが、思い当たる節がないでもない。たぶん、そんなところだろう。

原則として、「恋愛の主導権」は男にある。少なくとも、女は、男性がそう思っていると感じている。だから、「あなた任せ」の愛の成り行きを、女は一歩退いて覗き込んでしまう。男性が魅力的であるほど、彼への想いが深いほど、その不安は高まり、おのずと相手にふりまわされる結果になる。その一種「惨めな引け目」を、清少納言は「気おくれ」と表したのだ。

もちろん、女性の気質によって、反応は多少異なる。例えば、しばらくの無沙汰ののちに、女性の部屋を訪ねたとしよう。雨のひどく降る晩のことだった。

> そりゃあ、感激だわ。日ごろ、はっきりしなくて気がかりで、薄情だと恨むことがあっても、そんなふうに雨に濡れてやって来たら、つらいこともみな忘れてしまいそう。

と素直に受け止めてくれる女なら、男性にとってはありがたい。

ところが、清少納言は、別の見方をする。ふだんから律儀な男性が、大雨をものともせずに今夜も来た、というなら感激もしようが、今日の今日までほったらかしだったのだ。

日ごろ、姿も見せず、音沙汰もなくて過ごしているような男が、こんな雨のひどい折に限って来るなんていうのは、いまさら愛情があるとはとてもいえない、と私は思う。

そう、「なぜこの日に限って」という一点の疑念が、染みのようにじわじわと広がるのだ。

ものわかりよく見える女ほど、屈折が激しい。プライドが邪魔をして、世間体が先に立つからだ。「私は粗末に扱われているわけではない」と、どうしても周囲に知らしめたい。それも含めて「男の計算」か、とまで穿った見方も飛び出す。

人生経験もあり、常識もある女性で、ものの情趣も解すると見える女と懇ろになって、ほかにたくさん通い所もあるし、長年連れ添った妻などもあるので、そう繁々とも通って来ないくせに、「それでも、あんなひどい雨の夜に来たのよ」などと、女の口を通して人に吹聴させ、わが身の情の深さをほめられようという魂胆の男がすることなのだろうか。

なるほど、女の口から「悪い男じゃないのよ」と言わせることができれば、それはそれで、女性の親族や友人に「顔向け」ができ、男としても「最低限の愛の証明」にはなるわけだ。それが計算ずみなら、いじましい雨夜のご足労である。

ああ、女とは、こんなふうに捻くれた解釈をするのか、と男性陣はショックかもしれない。

だが、女性なら、多かれ少なかれ、同じような思考経路を辿った経験があろう。疑っては、いや違うと自分に言い聞かせ、信じようとしては、新たな不安に苛まれる。わずかに傾く愛の天秤量りに、右往左往して錘を載せる。女とは哀しいものである。

これらの反応は、「人それぞれの気性による」と、清少納言は分析しているが、ひとりの感情のなかでも段階的に変化することもある。恋愛の初期には、「信じる気持ち」が強く、だんだんと不安要素を抱え込むにつれ、「屈折」から「思い込み」へと硬直していくのだ。

だからだろうか、男性は、容貌につけ、才能につけ、「自意識の高い女」は敬遠しがちである。

男というものこそ、やはり女から見て、世にもめずらしく奇妙な心を持った存在である。とてもきれいな女を捨てて、醜い女を妻にしているのも、不思議というほかない。……顔かたちがたいそうきれいで、風流もよく心得た人で、字も上手に書き、和歌も趣深く詠んで、男に恨みの手紙をよこしたりする、それには、小賢しく一応の返事はするものの寄りつかず、女がいじらしく嘆いているのを見捨てて、ほかの女の許に行ったりするのは、あきれ果てる。第三者の立場では男も正義感で腹を立てもし、さも嫌そうに非難もするくせに、自分のこととなると、ちっとも相手の女性に対する気の毒さというものがわからないのだ。

さて、この「男性の不可解」について、私のほうから、男友達にインタビューしてみた。

——そりゃあ、きれいで賢いに越したことはないよ。小うるさくなければね。美人は取り澄ましているし、頭のいい人は理屈が立つだろ。疲れちゃってさ。楽しくないんだ。

またしても、「楽しいが一番」の男の論理に行き着いて、話はフリダシにもどった。では、こうしよう。「ねえ、私を愛してる?」が愚問なら、「ねえ、一緒にいて楽しい?」と訊けばよい。「楽しいよ」と言ってくれたら、だいじょうぶ。だが、一瞬でも、彼が答えに詰まったら、これが潮時と心得て、気後れすることなく、別れの主導権だけは握ってしまおう。

——じつは、言いにくかったんだけど。私、あなたといても、楽しくないの。ごめんね。

彼に誠意があれば、本当の話し合いはここから始まる。

たとしへなきもの
◆比べようのないもの

馴れても、なお「をとこ・をとめ」でいられるか

平安時代の結婚は、原則として「一夫多妻」の「通い婚」で、現代とは形態が異なる。

高貴な家柄では、成人女性は、「深窓の令嬢」よろしく、簾や几帳の陰にいて顔を見せないので、男性は、「世間の噂」や「垣間見」を頼りに「いい女」を探す。「垣間見」とは、言葉は美しいが、「覗き見」である。わずかな耳情報や一瞬の目撃を手がかりに、まずは恋文を届ける。ラブレターは和歌と決まっていた。恋歌のやり取りを重ねて、知り合うのである。

そうして文字で心の距離を縮めたあとは、男性が、時機を見計らって勝負に出る。「今夜あたり夜這いをしてもいいですか」という内容の和歌を送りつけるのだ。

合意が成立したら、その夜、庭先から忍び込み、召使いなどの案内で、女性の部屋に入る。漆黒の闇のなか、お互いの衣の片袖を脱ぎ重ねて夜具にし、ふたりは愛し合うのだ。

なんと、平安の男女は、きちんと顔も見ないまま、先に肉体関係ができてしまうのである。

男性は、翌朝、夜明け前の暗いうちに帰る。これを「後朝の別れ」という。「衣」と「衣」を引き離す「きぬぎぬ」の音に、ことの終わった「後の朝」という漢字を当てたものである。

さて、表題の「たとしへなきもの」だが、「譬しへ無し」の語源どおり、「譬えようのないもの」「比較にならないもの」の意味である。

比べようのないもの◆愛することと憎むことと。同じ人ながら、自分に対して愛情のあるときと、心変わりしてしまったときとでは、本当に別人のように思われる。

平安の通い婚では、「愛」があるかどうかは、通いの頻度ですぐにわかる。婚姻届も離婚届もない時代、男性が、初夜から三日三晩を通い続ければ「正式の結婚」、そのあいだに一日でも間が空けば「愛人」扱いとなった。また、男性の音沙汰が三年間途絶えたら、実質上の離婚とみなす。つまり、通い続けることでしか成立しない結婚生活だった。

だが、重大な結末も、一日一日の積み重ねであることは、現代も変わらない。一緒に住んでいても、口もきかず、手も握らないなら、音信不通と同じだろう。家庭内別居に陥らないためには、現代男性も、夫婦の寝室のありようにもっと気を配らねばならない。

男性は、抱擁が激しければ、それで愛情が伝わったと安心している。だが、女性は、

「複雑な性」を生きている。その瞬間から、新たな不安と向き合うのだ。この男は私の「人格」を愛しているのか、「からだ」だけなのか、それとも単なる「馴れ合い」なのか。本心を見定めようとする本能が動き出す。

男は、「単純な性」だから、そんな七面倒なことは考えていない。女が勝手に傷つくのではあるが、円満解決のため、男性には、昨夜の抱擁を嘘にしない「演技力」を備えてほしい。

「暁に帰らむ人は」で始まる章段には、後朝の別れの際の「好ましい男性」と、「腹立たしい男性」が、見事に書き分けられている。

ご参考までに、まずは、女性を幻滅させない「色男の朝帰り」からご紹介しよう。

男はやはり、朝帰りのふるまいが趣深くなくては、と思われる。帰るのがしぶしぶというふうに起きにくそうなのを、女が無理にせっついて、「夜が明け過ぎたわ。まあ、みっともないお寝坊さん」などと言われて、男がふうとため息をつく様子も、「本当にまだ愛し足りないのだわ。帰るのがつらいのでしょうね」と女には見える。指貫なども、座ったまま着ようともせず、なによりもまず女に寄り添って、夜一夜口説いた睦言の続きを、女の耳に囁いて、どうするわけでもないけれど、どうやら帯などは結んでいるらしい。格子を押し上げ、妻戸のある所はそのまま一緒に女を連れ行き、昼間の離れのあいだ、どんなに気がかりだろうなどと口にしながら、するりと出て行く。こんなふうだったら、女としても、自然に男の後ろ姿が見送られて、別れの風情もきっと余韻に満ちているだろう。

＊指貫＝袴のひとつ。裾に通した紐で足首をくくる　妻戸＝観音開きの扉

ぐずぐずとズボンも穿かずに、女にすり寄るこの男、断っておくが、ただの「甘えん坊」や「絶倫」ではない。もう一度口説くと見せかけて、そのじつ、後ろ手できっちり帯を結び、帰り支度をしていることを思えば、いまさら睦み合うつもりはなく、頭では出勤時間をカウントダウンしているのだろう。だが、それを悟らせぬように、女性を夢見心地のなかに置いたまま、すべるように消えていく。これ、すべて演技であり、大人の男の気配りなのだ。

だが、多くの男性は、そんな女心に無頓着である。昨夜、あんなに愛を捧げたのだから、「当分はだいじょうぶ」などと高を括っている。気分は晴れやか。だから、帰り際も潔い。

ひどくすっきりと起き出して、ばたばたと夜具を広げ散らかし、指貫の腰紐(こしひも)をごそごそがばがばと結び、直衣(のうし)も袍(ほう)も狩衣(かりぎぬ)も、裏返しに脱いだ袖をひっくり返し、しゅっと手を差し入れ、帯をぎゅっと固く結び終えて、その場に座り直すと、烏帽子(えぼし)の緒(お)をきゅっと強く結び入れ、かちっと音をさせてかぶり直す。扇(おうぎ)や懐紙(ふところがみ)など、昨夜(ゆうべ)枕元に置いたのだけれど、自然とあちこちに散らかったのを探すのに、暗くてよく見えないものだから、「どこだ、どこだ」とそこらじゅう手で叩きまわって、やっと見つけたと思ったら、やれやれと扇をはたはた使い、懐紙をしまいこんで、「じゃあ」とだけ言って出て行くなんて。

＊直衣・袍・狩衣＝いずれも男性着用の上着

昨夜の営みもさぞかし性急だっただろうと想像されるが、一夜明けて、帰り支度に追われるこの男の視界には、女性の姿がまったく入っていない。

「オレのこと?」と心当たりのある男性は、奥さまから愛人から、すでに相当の減点を食らっていると、お覚悟召されたい。

恋人時代には色男を演じた男性も、結婚した途端に横着になる。終わりましたとばかりに、テレビをつけたり、雑誌を読んだり、がぁと高鼾なんて、サイテー男もいいところである。いや、女だって同じだ。ジャージの上下に、化粧もせず、ざんばら髪の妻を、夫は抱く気になるだろうか。幻滅と諦めの落ち着く先は、家庭内別居というわけだ。

どうせなら、夫婦揃って「だらしないカップル」というのはどうだろう。飾り気なしが許される関係こそ、真の夫婦とは言えないか。そう思って、『枕草子』をつぶさに見た。

> 色黒でみっともない感じの女の付け毛をしたのが、鬚もじゃで痩せこけた男と一緒に、夏、昼寝をしているのは、なんとも見苦しい。……ただでもつまらぬ顔が、てらてら光り、寝膨れて、悪くすると頬が寝型で歪んでいる。

いやはや、ここまで堕ちたくはない。打ち解けた仲にも、慎みはあってほしいものである。清少納言は、こんなダレダレの男女が互いの顔を見交わすのを、「生ける甲斐なさよ」とこきおろす。「死んだほうがマシ！」とでも訳しておこう。

ひどく酔って、とんでもなく夜が更けてから男が泊まっても、決して湯漬けだって私は食べさせはすまい。情のない女だと思って来ないなら、それはそれで構わない。

妻ならまだしも、深夜に、酔っ払って愛人宅に転がり込み、茶漬けをせがむなど、以っての外である。ギクリとなさった御仁は、非日常的な恋愛に「日常」は持ち込まぬよう、お勧めする。「メシなら嫁につくってもらえ、つくらせるなら私と結婚しろ！」。きっと心で悪態をついている。清少納言みたいに「イヤならいいのよ、私は」なんて言われたら、おしまいだ。

ところで、古語の「男」には「をのこ」と「をとこ」、「女」には「をんな」と「をとめ」の二通りがあって、意味が異なる。単なる性別は「をのこ」「をんな」、性的対象は「をとこ」「をとめ」という。「な、やっぱり乙女だろ」と、若い女性に走ってはいけない。古語の「をとめ」は「妻」「恋人の女性」、「をとこ」は「夫」「恋人の男性」の意味で、性的魅力を感じさせる異性のすべてに使う。

余談であるが、「をとこ」「をとめ」の「をと」は、語源が「復つ」で「復元力」、つまりは「若返り」を意味するのだとか。

夫よ、妻よ、永すぎた恋人たちよ、いまも互いに「男」と「女」でいるだろうか。眠りに就く前のひととき、そっと手をつないで、ひと言ふた言語り合うだけでもいい。互いの心の声を感じ合う、その繊細な美意識が人を若返らせる。いまからだって遅くない！

五章

修(おさ)める

〝余裕がない〟ために生き方が浅くなっていませんか

すべては「表裏一体」である——そうと知ってはいても、実際に利害が対立したり、立場が変わったりすれば、冷静に受け止めるのはなかなか難しい。

人も物事も、見方を変えれば、幸福が不幸に、善が悪にもなる。『枕草子』の明るい笑いも、じつは、涙のなかで書かれていた。人生は、時と場合によってさまざまな色合いを見せる。それでも、人を肯定的に見る〝健全な心〟は失うまい。

うれしきもの
◆うれしいもの

死中にあって、いかに活を求めるか

「うれしきもの」の章段には、清少納言の宮中における活躍ぶりが窺える内容が多く見られる。手柄を立てたり、特別扱いを受けたり、勝負事に勝ったときの喜びなどが列挙されているのだ。おそらくは、天皇や中宮や上流貴族などに能力を認められたときが、彼女にとってのもっとも「うれしい」ことだったのだろう。

うれしいもの◆気がひけるほど立派な人が、歌の上の句や下の句をお尋ねになったときに、とっさに頭に浮かんだのは、われながらうれしい。

このような自讃めいた記述は、この章段のみならず、『枕草子』のあちこちに見られる。これを指して、清少納言を「うぬぼれ屋」「自慢したがり」と毛嫌いなさる方が、特に男性に多いのだが、失礼ながら、それはちょっと皮相な人物評である。

宮中という所は、派閥争いが絶えない、複雑な政治力学の働く職場である。女房で

ある清少納言の仕事は、「私設秘書」として、女ご主人である中宮の「政治的名声」を上げることにある。多くの后妃が、それぞれに文学サロンを形成したのも、だれが「天皇の第一夫人」にふさわしいか、その品位の証明として、女房たちに教養レベルを競わせるのが目的だった。

だから、女房たちは、中流であってもみな、『万葉集』や『古今集』などの和歌を暗誦している。ひらがなは女文字、漢字は男文字と差別された時代だったが、清少納言や紫式部など、一部の才長けた女房は、密かに『論語』『史記』などの漢学まで学んで、男性と伍しても恥をかかない学識を積んでいた。

いつだれが、女房たちの教養のほどを試し、宮中じゅうにその評判を言い広めるかもしれない。上の句や下の句を問われて、その期待に清少納言が応えられるかどうかは、彼女ひとりの成否の問題ではすまない。直ちに、女ご主人である中宮定子の沽券にかかわってくるのだ。

頭の中将が、根も葉もない噂話を信じて、私をひどく言いけなし、「どうして、あのような者を一人前と思ってほめたりしたのだろう」などと、殿上の間でも散々におっしゃると聞くにつけ、立派な方を相手に身のすくむ思いだけれど、「本当のことならともかく、そのうちきっと思い直してくださるに違いない」と笑ってすませていると、黒戸の前などを通るときにも、私の声などがするときには、袖几帳をなさって、まったく見ようともなさらない……

＊黒戸＝清涼殿の北廊西側にある戸

「袖几帳」とは、言葉は美しいが、袖で顔を覆って見ないようにすること。これ見よがしの「完全無視」である。

悪口を吹聴してまわっている「頭の中将」は、あの藤原斉信だ。宮中きっての美男子（40〜42頁）で、清少納言とは大の仲良しのはずである（167〜169頁）。

一体、なんの「噂」が発端だったのか、詳細は書かれていないが、「殿上の間」で悪口を言ったとなれば、ただごとではない。上達部や殿上人はおろか、天皇のお耳にも入りかねない場所である。だとすれば、やはり、政治的な噂、つまりは、斉信がよしとしない派閥との人脈疑惑かなにかだろう。

藤原斉信は、清少納言よりも一つ年下の二十九歳。「頭の中将」とは、「蔵人の頭」と「近衛府の中将」の兼任を意味するが、いずれも四位に属する上級官職である。清少納言が抗弁できる相手ではない。彼女は、事態を静観することにした。

それからしばらくののち、雨がひどく降る二月の末のことだった。同僚や部下と宮中に宿直(とのい)勤務していた斉信が、使いを寄こした。急ぎのお手紙で、返事を求めていると言う。

開けて見ると、青い薄様(うすよう)の紙に、見事な字で書いていらっしゃる。内容は、期待していたような例の絶交の一件ではなかった。

蘭省　花　時　錦帳　下(らんせいのはなのときのきんちやうのもと)

と書いて、次に「末(すえ)の句はいかに、いかに」と書いてある……

＊蘭省花時錦帳下＝『白氏文集(はくしもんじゅう)』の巻一七の漢詩の第三句

用向きは、漢詩の続きを問う内容だった。斉信は、『白氏文集』は女子の教養の範囲外だと高(たか)を括(くく)っていたのだろうか。そうであれば、清少納言に大恥をかかせるつもりだったことになる。仮に、彼女なら知っていると踏んでいたとすれば、公然と仲直りするきっかけを提供したことになる。いずれにしても、ここが正念場(しょうねんば)であることに違いはない。

もちろん、清少納言は、この第三句と対(つい)をなす第四句を知っていた。

盧山雨夜草庵中

だが、彼女は、そのまま漢詩を書くことはしなかった。

ただ、その手紙の奥の余白に、炭櫃の、消えた炭があるのを使って、

草の庵を誰かたづねむ　（寂しい草庵にいる私をだれが訪れようか）

と書きつけて渡したけれども、それっきり向こうからは返事も来ない。

＊草の庵を誰かたづねむ＝『公任卿集』の「いかなる折にか、草の庵を誰かたづねむ……」の一節を借用したもの

「草の庵」が、漢詩の「草庵」とダブるところから、「続きを知っていますよ」と暗に知らせたのである。

これには、清少納言の用意周到な仕掛けが施されていた。

もし漢詩をそのまま書いたなら、「芸がない」「女のくせに漢字を書いた」と言われかねない。かといって、自分で歌をつくるには、時間がかかる。相手につけ入る隙を

与えない返事の方法はないか。瞬時に頭をめぐらせ、藤原公任の言葉を借りることにしたのだ。

『大鏡』によると、公任は、和歌にも漢詩にも管弦にも長けた才人で、身分も上達部。つまり、清少納言の返事に難癖をつけることは、当代きってのマルチ文化人であり、最上流貴族でもある公任卿にケチをつけたことになる。これで、斉信の批判を封じることができると考えたのだ。

また、「斉信の手紙の奥の余白」に「消し炭」を使って書いたとあるが、なぜそんなことをしたのか。これも、「紙の質が悪い」「字がヘタだ」などと言われないための工夫だったと、私は想像する。清少納言なら、趣味のよい紙に上等の筆で見事な字が書けただろうが、用心に用心を重ね、斉信自身の選んだ紙を使い、筆蹟の問えない消し炭を利用したのだ。

これは同時に、墨を磨る時間も惜しんで返事を急いだ、「即興性」を演出することにもなる。返事ははやいほど、得点が高い。

また、返事を、和歌の下句に仕立て上げたのにも、巧妙な作戦が隠されている。「寂しい草庵にいる私をだれが訪れようか」とは、漢詩にかこつけて、袖几帳で相手にされなかった寂しさを訴える内容にもなっている。公然と喧嘩をしかけた手前、斉信をあまりに追い詰めると、男の面子を潰す。だから、恋歌に見せて顔を立て、恩を売ったのだ。しかも、この下句に、今度は、斉信が上句をつけることを求められる。つけられなければ、清少納言の勝ち。うまくつけられたとしても、内容的に恋歌を返すことになり、和解が成立するのだ。

幾重にも張りめぐらされた防備の網。相手をグゥの音も出ないほど追い込みつつ、逃げ場も用意する。そうして喜ばせておいて、結果、攻守を逆転させたのだから、たいへんな曲者である。

斉信は、「おお」と声を上げて驚喜した。「たいしたものだ。これだから、この女は無視できない」と、機嫌を直したという。彼としては、笑って終わりにするしかないだろう。

この評判は宮中じゅうに広まり、清少納言は「草の庵」とあだ名された。殿上の噂は、当然のこと、天皇のお耳に届く。天皇から直々のおほめに与った中宮の心持ちは、さぞかし誇らかであったろう。

それにしても、なんという抜け目のない知恵者だろう。この賢さを学ばずして、清少納言を語ることはできない。明るく笑って、言いたい放題、宮中をわがもの顔で泳ぎまわるかに見えた彼女も、水面下でこんなに足掻き苦しんで生きていたとは、意外である。

私は、仕事上のトラブルで窮地に立ったときは、呪文のように「草の庵」と呟く。社会に閉塞感が漂っているいま、だれしも、上司や顧客や取引先、あるいは、銀行などから、矢羽根を束ねて「無理」「無茶」「無理解」の攻撃を浴びているだろう。そのどれに当たっても、傷は深い。「クビ」や「倒産」という社会的な傷もあれば、自分の「主義主張」を曲げざるを得ない精神的な傷、あるいは、こちらを立てればあちらが立たずの「信用」「面子」にかかわる傷もあるだろう。

どう避ければ解決するのか。情けなさと憤りが交互に襲ってきて、方策を考える気力すら失う。だが、蹲っている場合ではない。そんな暇があったら、すべての矢を辛くもかわせる解決の隙間がないか、事態を立体的にまわし見る「冷静な熱意」を持つべきである。

目的は、自分の溜飲を下げることではない。相手を怒らせずに、攻守を逆転させることなのだ。相手も喜び、自分も勝利する、「第三の道」は必ずある。あると信じて知恵を絞ってこそ、「この会社でなければダメだ」「君がいないと困る」と言わしめることができるのである。

胸つぶるるもの

◆胸がつぶれそうになるもの

人の心の奥行きに、思いを到らせたい

ひとりの生徒が、『枕草子』の講義のあとで、おもしろい質問をぶつけてきた。「清少納言は、結局、どの男性が好きなの？」というのだ。女子高生らしい素直な好奇心である。彼女が聞きたかったのは、藤原行成（ゆきなり）なのか、藤原斉信（ただのぶ）なのか、という意味だろう。

> 胸がつぶれそうになるもの◆思いも寄らない場所で、それも特に、世間に隠して公然の関係ではない恋人の声を聞きつけたときに、どきどきするのはもちろん、ほかの人が、その人のことを話題にのぼらせたりするにつけても、まずどきっとするものだ。

じつは、清少納言は「人に言えない恋」をしていた。

清少納言よりも五歳年上の、藤原実方（さねかた）という美貌の貴公子である。橘則光（たちばなののりみつ）との離

婚後、彼女が宮中に上がる前からの愛人関係だったと言われている。証拠となるのは、『実方朝臣集』に残された贈答歌の詞書に、「元輔の娘」で「中宮にお仕え」しており、「人には知らせず、絶えぬ仲」と記された女性の存在で、これに該当する女性は、清少納言しかいない。

「秘密の恋」なのだから、『枕草子』のなかには具体的な記述はない。三百段近い『枕草子』のなかに、実方の名前が出てくるのは、わずかに三話だけ。しかも、うち二つは、ほんの一、二行で処理されている。ちなみに、藤原行成は五章段、藤原斉信は八章段で、いずれもその章段の主役格の扱いを受けているし、もと夫の橘則光でさえ三章段に長々と登場する。

実方は、『枕草子』だけを見れば、まったく目を引くことのない「陰」の存在なのだ。なぜ秘密なのか。「実方は清少納言の姉の夫だった」というスキャンダラスな学説もあるが、一夫多妻のこの時代に、不倫ごときで、ここまで水も漏らさぬ秘密主義を貫くとは思えない。

一夫一婦制の現代でさえ、たとえば、職場で「道ならぬ恋」に陥ったとして、それを何年も隠し通せるか、あやしいものである。同じ空間にいれば、ふたりが発する独特の空気がまわりに伝わる。用心したつもりでも、だれかが密会を目撃する。一番怖いのは女性本人で、不倫が長引くと、自分の存在を隠すことに苛立ちを感じるようになる。男性にはわからないようにして、周囲には、あるいは妻には、それとなく知らしめるテクニックを使い始める。

だから、女性である清少納言のこの慎重さは、尋常ではない。単なる男女問題ではない、もっと複雑な事情、つまりは政治抗争を想定すると、合点がゆく。

清少納言の仕える中宮定子は、一条天皇の第一夫人で、父親は関白藤原道隆である。宮中にいる貴族たちは、上達部も殿上人もみな現政権下で働いており、表面は従順に見せかけているが、水面下では次の権力の座を虎視眈々と狙っている。それは、実方も例外ではない。

『栄華物語』や『大鏡』などの歴史物語、『撰集抄』や『十訓抄』といった説話物語から窺える藤原実方の人物像は、名歌人であると同時に、政治的にもマークされる人物だった。

はやくに父親を亡くし、叔父の許で育つが、叔父は政界の実力者のひとりである。次代の政治を牛耳るべく、娘を皇太子（のちの三条天皇）に嫁がせて、着々と基盤を築き上げていた。妊娠数カ月の娘が首尾よく男子を出産すれば、一条天皇ご退位の暁には、皇太子が天皇に即位、娘を中宮に、この男子を皇太子にして、外戚政治の好機が訪れる。その目論見のもと、叔父が右腕と頼んでいたのが実方だった。

もし、この恋愛が表沙汰になれば、現政権に余計な疑念を抱かせるとともに、対抗勢力にも利用されかねない。そういう意味での「秘密の恋」だったのではないかと、私は想像する。

女性が、派閥争いの絶えない男性社会で働くと、恋愛は「私ごと」ではすまない。慎重なうえにも慎重でないと、痛くもない腹を探られたり、だれかに足を掬われたり、思いも寄らない事態に発展するかもしれないのである。現に、そんな事例はたくさんあり、企業を告発した男性が、情報を社内の女性から「寝室」で不当に入手したとして、問題を不倫スキャンダルにすり替えられてしまうなど、その典型である。

まして、清少納言のように、才知に溢れ、天皇や中宮の絶対の信任を得る立場であれば、これを逆利用しようと企む誘惑の手も伸びてくる。その怖さを自覚した彼女は、私生活の一切を隠すという知恵を、自然と身につけたのではないだろうか。

ひたすら人目を忍んだ逢瀬。だが、現実は、ふたりの思惑をはるかに超えていた。叔父が、都に大流行した天然痘にかかって急死。後ろ楯を失くした実方に、謂れのない失脚の罠が仕掛けられたのだ。同じく次代の政権を狙う、別の勢力の仕業である。

発端は、殿上人たちが東山に花見に出かけたときのことだった。急に雨が降り始め、人々が雨宿りに逃げ惑うなか、実方だけが、桜の木の下で朗々と和歌を詠み上げた。雨ごときで騒ぐのは、桜を愛でる風流人にあるまじき行為と、名歌人の実方は思ったのだ。

だが、このことが、後日、大きな事件に発展する。数日経って、宮中に「実方は気がふれた」という噂が広まったのだ。当然のこと、天皇の耳にも、実方本人の耳にも届いた。

「噂の主」を探り当てた実方は、怒り狂って胸ぐらを掴み、相手の冠を庭にはたき落とす。だが、相手は平然として、「理由をお聞かせ願いたい」と開き直った。噂の源に確たる証拠などあるはずもない。実方が「しまった！」と思ったときには、もう遅かった。折から、一条天皇が、小窓より、その一部始終を覗いておられたのだ。

激怒している実方と、冷静沈着な「噂の主」。だれが見ても、実方に分の悪い構図である。「実方は本当に狂ったのだ」と天皇に思わせる。それこそが、敵方の狙いだった。

天皇は、実方を国守として、遠く陸奥の国に左遷することを言い渡す。現代でさえ、京都から東北への道のりは長い。まして当時は、地の果てである。

陸奥へ旅立つ実方への惜別の歌が、私家集『清少納言集』に残されている。「とこもふち淵も瀬ならぬ涙河袖の渡りはあらじとぞ思ふ」と、永遠に乾くことのない袖の涙を詠んでいる。

この実方失脚の経緯は、もちろん『枕草子』には書かれていない。だが、巻末ともいうべき位置に、意味深長な二つの小さな章段が並んでいる。ひとつには、「具合の悪い場所で、ある男と逢ったときに、人に見つからないかと胸騒ぎがした」という描写があり、いまひとつには、「そのうち下向するとは、本当か」とだれかに訊かれて云々という記述がある。「下向」とは、都から地方へ下ることである。

いずれもわずか二、三行。時系列に沿って並べられてはいない『枕草子』の、すでに筆の勢いも失せた寄せ集めのような巻末に、脈絡もなく紛れ込ませた感がある。そして、これを最後に、『枕草子』の本編は、唐突に終わってしまうのだ。そのあまりのぞんざいな閉じ方に、私はむしろ不自然を感じる。

「具合の悪い場所で逢った男」が左遷の決まった実方で、事情を知る近親者かだれかに、「一緒に陸奥の国へ下向するのか」と問われたと解釈するのは、深読みが過ぎるだろうか。

その質問に、清少納言は、次のような和歌で応答している。

思ひだにかからぬ山のさせも草たれか伊吹のさとは告げしぞ
（思いがけもしないことです。一体だれがそうと告げたのですか）

＊させも草＝蓬の別名。葉を干してもぐさにする。「さしも草」ともいう。「伊吹山」は、もぐさの名産地

清少納言は、「下向なんて、まさか。だれが言ったの？」と言下に否定するが、この和歌は、『小倉百人一首』にも採られた実方の歌に酷似している。

51番　かくとだにえやは伊吹のさしも草さしも知らじな燃ゆる思ひを
（後拾遺集・藤原実方）

偶然だろうか。単なる言葉遊びだろうか。だとしたら、清少納言は、この期に及んで、愛する男性を愚弄する、あまりに無神経な女だということになる。

そんなはずはないだろう。表向きは否定せざるを得ない実方への断腸の想いを、この和歌の言葉の重複に託し、せめて、それを以って、実方への誠実とし、あるいは、

対抗勢力への一矢としたかったのではないか。私は、そう思いたい。

張り裂けそうな悲しみを胸に抱いて、それでも、清少納言は、明るい表情しか私たちに見せなかった。人は、だれも、「公」と「私」の二つの顔を持っている。明るくふるまう人が、心に屈託がないとは限らない。平静に見える人が、胸に言い知れぬ情念を抱え込んでいることもある。そう思って、自分のぐるりを見渡すと、どの人にも、表からは見えない心の奥行きが想像されて、急に愛おしさが込み上げてはこないだろうか。

うちとくまじきもの

◆気の許せないもの

善と悪、幸と不幸は、運命で反転する

気の許せないもの◆悪人と言われる人。そうではあるが、善人だと人に言われる人よりも、裏がないように見える。

うち解けた相手に、「裏」があった。そうとわかったときの衝撃は、かなりのもの

だろう。

最愛の実方を失脚に追い込んだ「噂の主」（210頁）は、だれあろう、藤原行成だった。平安三蹟のひとりに挙げられる書の名手で、清少納言とは、お茶目なジョークを楽しむ間柄（104～106頁）である。

東山の花見から帰るとすぐに、行成は、「和歌はうまいが、実方はバカだ」と公然と謗った。そのひと言は、おもしろいほど宮中を駆けめぐる。はじめから罠を仕掛けるつもりだったのか、単なる陰口のひとつだったのか。が、激怒した実方を前に、平然と開き直ったところを見ると、「冠事件」のときには、ある程度の筋書きを予測していたものと思われる。

宮中ではよほどの事件だったのだろう、そのあたりの経緯は、『撰集抄』『古事談』『十訓抄』などに詳しく記されている。

だが、行成は、このとき二十四歳と若く、官職もまだ五位にも届いていない。ひとりで大それた陰謀を企てるには未熟である。

人々に吹聴してまわり、直々に天皇に噂を耳打ちし、実方が行成の冠をはたくのを、天皇が小窓から御覧になるよう仕向けた人物がいる。

どの出典にも、だれという明確な記述は得られないが、そんな芸当ができるのは藤原斉信しかいないと、私は確信している。

失脚させた張本人を知るには、それによって出世した人物を追うとわかる。実方の事件のあと、行成は「蔵人の頭」に、斉信は「宰相」に出世した。

興味深いことに、『枕草子』のなかには、清少納言が天皇に「斉信様を宰相にしないで」と甘えて訴える場面が記されている。

> 私が天皇の御前で、「斉信様は詩の吟詠がたいそうお上手ですのに、……しばらくのあいだ、宰相にならずに、このまま殿上勤めをなさればよいのに。いらっしゃらなくては、残念ですもの」と申し上げたところ、天皇は、たいそうお笑いになって、「それでは、そなたがそう言うからといって、宰相にするのは取りやめにしようか」などとおっしゃったのも、おもしろい。けれども、宰相におなりになってしまったので、本当に寂しくて物足りない……
>
> ＊殿上勤め＝「殿上人」として仕事をすること。「宰相」に出世すると、最上級の「上達部」に属することになる

口調は冗談めかしているが、本当の仲良しであれば、冗談にも昇進にケチをつける

ような発言をするだろうか。実方を失脚させた斉信の出世を阻もうとする、苦肉の策だったのではないかと私は見ている。

また、同じころ、斉信は、清少納言に男女関係を迫っている。

斉信が言い寄った時期が、あと半月のちには実方が任地に赴くというタイミングに重なるのが、どうも気に食わない。第一、宮中一のモテ男が、一歳年上で、すでに三十歳を超え、容姿も決して美しくはない清少納言を、いまさら熱愛の対象にするだろうか。

「どうして私と本気でつき合ってくださらないのか。さすがに私を嫌っているのではないことはわかっているのだが、どうも妙だね。これほど長年になったなじみが、よそよそしい間柄で終わることはないよ。これから先、私が殿上の間に明け暮れいないことになったら、一体なにをあなたとの思い出の種にしよう」

＊殿上の間に明け暮れいない＝「宰相」になって、「殿上人」から「上達部」に昇格することを暗に匂わせたもの

一方の清少納言も、あれほどまでに斉信の容貌や風雅を絶賛（40〜42頁）しておきながら、この求愛をあっさりと拒否する。

「もちろん、男女の仲になるのはなんでもないわ。でも、そんな関係になったら、天皇の御前で、あなたをほめられなくなる。それが残念だから、心でだけ愛していてください」と、奇妙な理屈であしらうのだ。

風雅を楽しむ恋愛ごっこなら、平安のしきたりに倣って、和歌のやり取りで愛を交わすのが通常である。斉信の露骨な口説き方にも、清少納言の取ってつけた断り方にも、男女のときめきは微塵も感じられない。

斉信が、もし、実方と清少納言の関係を察知していたとしたら、陸奥への旅立ちが近いこの時期を狙って、弱った女心の隙につけ込んだことになる。中宮の信任厚い清少納言を抱き込めば、さまざまな情報を得ることもできるし、天皇にうまく取り入ることもできる。

そして、清少納言は、斉信の狡猾な策略に気づいていた。「男女関係になると、むしろ天皇の御前でほめられなくなるわよ」という妙な言い訳は、彼の魂胆を逆手に取った口実とも考えられるのだ。

そういえば、遡って、例の「袖几帳」のとき（199〜200頁）から、ふたりは異様な緊張関係にあった。あれは、ちょうど実方が陸奥左遷を言い渡された直後の時期に相当する。斉信が殿上の間で散々にこきおろしたという、清少納言の「根も葉もない噂話」が、仮に「実方との秘めた恋」を吹聴したものだとしたら、巧妙な企み（たくら）である。男女の醜聞（スキャンダル）にされては、さすがの清少納言も、実方の免罪を天皇や中宮に取り縋る（すが）わけにはいかなくなる。

こうして、彼女を貶め（おとし）、「袖几帳」で窮地に追い込んだ斉信は、ときを見計らったように、例の漢詩の一句をよこした。「下句」を要求する形で公然と和解に持ち込み（201頁）、そして、いままた「取り込み」にかかったのだ。

そう考えると、すべて辻褄（つじつま）が合う。

斉信が行成の共犯者だったのか、字面に証拠はないが、疑いの目で見れば、『枕草子』には情況証拠がたくさんある。心情的にはもっともつらかっただろうと思われる時期に、これほどの章段を尽くして斉信の言動を書き残したのだ。無作為の偶然とは思えない。

すべては、私の憶測に過ぎない。が、こうして、歴史的事実と照合していくと、清少納言の人間関係は、「陽画（ポジ）」と「陰画（ネガ）」のようにくるりと反転する。

宮中とは、そういう場所だった。なにも、行成や斉信だけが、特別に「悪人」だったわけではない。だれもがみな、権力という一本の細い綱にぶら下がっている。だれかがよじ登れば、だれかが蹴落とされるのだ。実方も、立場を変えれば、同じことをしたかもしれない。

斉信も行成も実方も、現政権下においては、主流派ではなかった。

行成と実方は、後ろ楯となるべき父親や叔父を早くに亡くし、不遇の少年時代を送っているし、斉信にも、あと一歩で届くはずだった権力を現政権の手で奪われた苦い過去がある。

生き馬の目を抜くような激しい競争社会なのだ。若い彼らが、一族の安寧を手に入れようとすれば、きれいごとばかりですまされないことは、容易に想像がつく。

それにしても、『枕草子』のなかで、清少納言は、斉信を、行成を、なぜあれほどほめ讃えたのだろう。歴史的事実をほかの出典から借り、私のように疑惑の色眼鏡で深読みしなければ、ふたりの男性は、やはり彼女にとっては「お気に入り」にしか見えない。

たかが女房風情が、真実を告発できる時代ではなかったこともある。ほめることを隠れ蓑に、わが身を守ったのかもしれない。だが、こうも考えられる。派閥の力学では敵対するが、稀に見る「才人」として、彼女はふたりを敬愛していたのかもしれない。

出会いは、ひとつの運命である。利害が絡めば、相手は「悪人」に見える。もし、違う環境で出会っていたら、「善人」のままでいられたかもしれない。手のうちを読み合った好敵手には、愛憎の入り混じった奇妙な連帯感が生まれる。清少納言が男であったなら、あるいは、同志として共鳴したかもしれない相手として、その才知を高く評価したのではないだろうか。

「善」も「悪」も、「幸せ」も「不幸せ」も、表裏一体のオセロのようなものだ。運命の一手で、白黒は簡単に入れ替わり、人生の色合いも一気に変化する。同様に、人間にも両面がある。疑えばきりがなく、一面だけを捉えれば、人格のすべてを否定するしかなくなる。

人生とはそういうもの、人とはそういうもの。そう達観していたのだろう。斉信と行成の「闇」は書かず、風流人としての「輝き」だけを文字に残した。湿りがちな平安文学にはめずらしい、この明るく軽やかな「人間肯定」のまなざしこそが、清少納言の魅力であり、『枕草子』が放つ異彩なのである。

近くて遠きもの

◆近くて遠いもの

最後に泣く者と笑う者の「差」とは

近くて遠いもの◆情愛のないきょうだいや親類の間柄。

人がひとり亡くなると、きょうだいや親戚の距離がわかるとは、世間によく聞く話である。それまで遠ざかっていた者に限って、損を取りもどそうとでもいうのだろうか、強く主張するらしく、取り分が多ければ多いほど諍い(いさか)になる。

わが家は、幸か不幸か揉(も)めるほどの財産もなく、仲良く暮らしているが、これが、莫大(ばくだい)な資産や経営権の相続となると、仲良くしろというほうが無理かもしれない。小さいうちは一緒に遊んだきょうだいも、それぞれが家庭を持つと、厄介(やっかい)な問題は増える。配偶者やわが子の幸福が最優先になり、利害が対立するのだ。

関白殿(かんぱくどの)がお亡くなりになって、世の中に事変が起こり、もの騒がしくなって、中宮も宮中にはお入りにならず、小二条殿という所にいらっしゃるころ、私は、なんということもなく嫌な気分だったので、長いあいだ里に下がっていた。

関白藤原道隆が、栄華の極みでこの世を去った。中宮定子の父である。酒好きが祟り、重度の糖尿病だったといわれている。長徳元（九九五）年四月十日、四十三歳の早い死だった。

『枕草子』には「世の中に事変が起こり」としか書かれていないが、歴史物語などを参照すると、空いた関白職をめぐって壮絶な争いが繰り広げられたらしい。受け継ぐものが「国の権力」となると、一族のみならず、派閥にぶらさがる多くの人間の利害が絡み合う。

そもそも、道隆は、関白職を親から譲り受けた、苦労知らずの「総領の甚六」で、冗談好きのおおらかな人柄はよいが、政治家としての緻密な配慮には欠ける人物だった。息子たちを年齢不相応に栄進させ、たかだか二十一歳の伊周を内大臣に、十六歳の隆家を中納言に置いたうえ、夫人の一門をことごとく厚遇するなど、周囲の人々が目を瞠り耳を欹てるような人事を敢行したのである。

最近の政治家は、さすがに露骨な人事はできないが、それでも選挙区の票田は息子に譲る。政界に二世三世議員が根強い所以である。日本人は血脈にこだわりが強いのか、同族会社もいまだに多く、二代目まではよいけれども、三代目以降に問題が噴出する。経営権を、「横」へ渡すか、「縦」に下ろすか、「きょうだい」とその「子どもたち」の争いが始まるのだ。

道隆は、病床に臥したときから、息子の伊周に職務の代行をさせ、そのまま関白職を譲りたい意向を示していた。道隆が、生きているあいだは、だれも口は出せない。だが、その死と同時に、道隆一族への憤懣が一気に噴き出した。

藤原道隆の同腹のきょうだいには、妹である詮子、弟の道兼、道長がいる。

もとをただせば、摂政関白の職は、彼らの父親が、道兼を手先に、策をめぐらして得た地位であり、詮子が円融天皇に嫁いで、一条天皇を生み育てたからこそ手にした栄華の象徴である。わが手を汚したことのない道隆には、苦労人の忍従がわからない。長兄なればこそ、これまで黙って仕えてきたが、三十五歳の道兼が、能なしの若造である甥伊周の後塵を拝するとなれば、ことは容易に収まるまい。

一条天皇は、まずは、年齢にも官位にも不足のない、右大臣道兼に関白職を下した。ところが、折悪しく、都に天然痘が大流行。道兼は、わずか一週間あまりで死に至る。俗に「七日関白」と言われる短命政権だった。道兼を襲った流行病は猛威を振るい、大臣・大納言など、十四人の上達部のうち八人の命を奪う。例の実方の叔父の死（209頁）もそのなかに含まれる。

ことは最悪の形でふり出しにもどった。年長者が次々と病死するなか、次に関白職を継ぐことができるのは、二十二歳にしてすでに内大臣の息子伊周か、三十歳にしてまだ権大納言の弟道長か、世評はふたりに絞られた。地位と年齢が逆転していて、判断が難しい。

道長は、剛毅な性格であり、政治手腕にも優れていながら、これまでずっと伊周の風下に置かれてきた。その恨みの反動は大きい。彼が政治を牛耳れば、おそらく道隆一族は一掃されるだろう。

それを深く懸念していたのは、一条天皇だった。寵愛する中宮定子の安寧のためには、実兄である伊周を後任に充てたい。だが、それを強く阻む人物がいた。母后である女院詮子である。過去の先例に倣って「関白職は兄弟の順に」と主張したのである。詮子は、伊周を嫌い、道長を贔屓にしていた。

母后の猛烈な反対に閉口した一条天皇は、顔を合わせぬように接触を避けたが、詮子は、寝室にまで入り込んで嘆願する。夜を徹して天皇を説き伏せ、戸を開けると、ぬらぬらと涙で濡らした頰に笑みを浮かべ、「ああ、宣旨が下った」と道長に勝利を告げたという。

こうして、長徳元年五月、道長は「内覧」の宣旨を賜った。内覧とは、関白代行である。代行に止めたところに一条天皇の苦心の跡が窺えるが、名目はなんであれ、実質は関白職を与えたに等しい。権力は、道長の手に移ったのだ。

人望においても、策略においても、道長は卓越していた。親の威光を笠に着て生きてきた伊周が、勝てる相手ではない。伊周と一族は、次々に罪に陥れられ、遠い地へ配流になった。中宮定子は髪を落として出家し、宮中を出て、二条の邸に住まう。道長は、一カ月後には右大臣に、さらに一年後には左大臣に、異例のスピード昇格を遂げ、「内覧」の権威とともに、名実ともに「一の人」になった。

歴史物語などには詳しいこの政変を、清少納言は、「世の中に事変が起こり、もの騒がしくなって、中宮も宮中にはお入りにならず、小二条殿という所にいらっしゃる」との、わずかな描写ですませた。中宮を敬愛する彼女としては、その零落を描きたくはなかったのだろう。

それにしても、中宮の一大事というのに、清少納言は「なんとなく嫌な気分だったので里にいた」という。じつは、この時期、彼女には、ある疑いの眼が向けられていた。「道長方と通じている」との噂(うわさ)が広まったのである。

あまりのショックに、清少納言は、中宮のおそばを辞して、実家に籠(こも)った。醜聞(スキャンダル)を恐れて「身を隠した」のである。清少納言が居場所を明かしていたのは、わずか数人。もと夫の橘則光(たちばなののりみつ)が、和布(わかめ)を頬張(ほおば)って辛(から)くもごまかしたのを思い出す（169〜170頁）。このとき、則光に所在をしつこく訊(き)いた人物は、あの藤原斉信(ただのぶ)だった。その斉信は、実方(さねかた)の一件で、行成(ゆきなり)と通じている（214〜215頁）。

清少納言が「通じている」と噂された「道長方の人物」とは、藤原行成と藤原斉信だと私は確信している。

彼らも、道隆の政権下では、長く不遇のときを過ごした。後ろ楯(だて)のないふたりは、叔父を亡くした実方を陸奥(むつ)に追いやり、それを手柄に道長に取り入った。いや、逆かもしれない。道長が黒幕で、彼の指示により、政治手腕のある実方の芽を先に摘(つ)み取った。

中宮定子と関白道隆一族が脚光を浴びる華やかな舞台の袖(そで)で、「道長—斉信—行成」の配役(キャスティング)は用意され、三人は、第二幕の緞帳(どんちょう)が上がるのを、息を殺して待っていたのだ。その幕間(まくあい)の暗闇のなかで行なわれたのが「実方失脚」だったのである。

こうして、舞台の主役は入れ替わる。道長が内覧の地位を得るや、行成は蔵人の頭(くろうどのとう)

に、斉信は宰相に抜擢された。一条天皇に彼らの才能を認めさせた道長の「論功行賞」的な人事で、道隆の「親の七光り」人事とは対照的である。

このの ち、道長は、娘三人を一条・三条・後三条の三天皇の中宮に立て、太政大臣となって、藤原全盛期を築く。そして、斉信と行成は、道長政権を支える一条朝の才子として、藤原公任・源俊賢とともに「四納言」と称せられた。

権力の座は、伊周にとっては「近くて遠きもの」となり、道長にとっては「遠くて近きもの」だった。その差はどこにあったのか。

道長は、「能力」もさることながら、「運にも恵まれていた」と、『大鏡』は記す。権大納言の官位でありながら内覧を得たのは、流行病のお蔭で大臣級の重鎮が八人も死亡したからであり、長きにわたる外戚政治を可能にしたのは、娘三人がみな子宝に恵まれたからである。

だが、「運も実力のうち」という。与えられた環境に胡坐をかいた伊周と、屈辱に耐えながら一度の好機を見逃さなかった道長の、「気迫」の差が、天を動かし、人を引き寄せたということだろうか。

たのもしきもの

◆頼もしいもの

「実意の人」がいればこそ、人は生きられる

頼もしいもの◆気持ちがくしゃくしゃしているときに、自分を思ってくれる実意のある人が、いろいろ慰めてくれたの。

清少納言が「くしゃくしゃした気持ち」を『枕草子』に書いたのは、ただ一度、「藤原道長(みちなが)方との内通疑惑」だけである。よほど悩みが深かったのだろう、彼女は実家に引き籠(こも)った。

中宮(ちゅうぐう)のおそばにお仕えする女房たちが、「あの人は、左大臣方の人と知り合い筋だ」などと囁(ささや)き、みなで集まっておしゃべりしているときでも、私が局(つぼね)から御前(おまえ)に参上する姿を見ると急に話をやめて、私をのけものにするという態度で、いままでそんな目に遭(あ)ったこともなく、にくらしいので、中宮から

「参上せよ」などと度々ある仰せ言もやり過ごして、本当に長いご無沙汰になってしまったのだが、それをまた、中宮の周辺では、ただもう敵味方に分かれた者のように言いなして、根も葉もないことまで取り沙汰されているようだ。

「左大臣」とは道長、「知り合い筋」とは、おそらく藤原斉信と藤原行成のことである。どんなにつらいことがあっても、『枕草子』には暗い部分を書かなかった清少納言が、わずか数行とはいえ、この「スパイ疑惑」だけはわざわざ書き留めたのだ。彼女としては、噂は濡れ衣だと、汚名を雪ぎたかったに違いない。

だが、口で言い訳してまわるわけにもいかず、仮に言えたとしても、火に油を注ぐだけとわかっていたのだろう。「人の噂も七十五日」ではないが、ほとぼりの冷めるのを待って、四カ月もの長い里居を決め込んだ。中宮の仰せ言も無視したのだから、相当の覚悟である。

そんなある日のこと、中宮からのお届け物として、使者がやって来る。

心から思い悩むことがあって、里にいるころ、中宮から、すばらしい紙二十枚を包んで御下賜になった。公式のお手紙には「早く参上せよ」との仰せ言があって、さらに「この紙は、聞き及んだことがあったので、下されるのです。あまり上等ではないようだから、寿命経も書けないでしょうけれど」と書いてくださっているのは、とてもおもしろい。当の私がすっかり忘れていたことを覚えておいてくださったのは……畏れ多く心も乱れて……

＊寿命経＝延命を祈る経

「当の私も忘れていたこと」とは、清少納言の日ごろの「おしゃべり」である。彼女は、かつて、中宮や女房たちの前で、こんなことを言っていた。

「世の中が腹立たしく、むしゃくしゃして、片時も生きていられそうにない気がして、どこでもいいから消えてしまいたいと思うときに、ふつうの紙の真っ白できれいなのや、上等の筆、白い色紙、陸奥紙などが手にはいると、気分がよくなって、いいわ、このまましばらくは生きていられそう、という気になるのです。また、高麗縁の畳の筵が青くて細やかに編んであって、縁の紋がくっきりと黒く白く見えているのを引き広げて見ると、なんのなんの、やはりこの世は絶対に捨てることなどできそうにないと、命まで惜しくなります」

＊陸奥紙＝陸奥国の特産の上等の和紙　高麗縁＝白地の綾に雲形、菊花などの紋様を黒く織り出した畳の縁　畳の筵＝縁のついた薄縁の類。板張りの部屋に、必要に応じて広げて敷く

上等の紙と高級な筵があれば、死にたいほど嫌なことでも忘れられる。そんな清少納言のふだんの軽口を、中宮は覚えていた。職場のイジメに遭って長期休職に入った部下に、「すばらしい紙二十枚」を見舞い品として届けたのである。なかには、手紙も添えられていた。

「あまり上等ではないようだから、寿命経も書けない」とは、中宮のとびきりのジョークである。「上等の紙なら生きられる」という清少納言の口癖を逆手にとって、「こんな紙くらいで生きる気にはならないかしら」とからかった。

わざと軽妙な口調で慰めたところに、この人物の配慮の深さがある。事態があまりに深刻なときに、上司がまじめな文体で手紙を送ると、部下はますます悩みの淵に沈んでしまう。

一方で、「早く参上せよ」との高圧的な手紙もあったが、みなの手前の公式発言だ

ろう。彼女がほかの女房たちの妬みを買わないためにも、上司としては職場復帰を強く促すしかない。そうして、厳しく叱りつけたと見せておいて、奥に非公式の手紙を忍ばせたのだ。「あなたの悩みがこんな贈り物ぐらいで消えるとは思っていない。ゆっくり休め」と。

それからしばらくして、今度は「高麗縁のついた御座」が届いた。御座は、筵よりも上等の畳表で、貴人の御座所に使われる最高級品である。この贈り物が、例の「筵」の日常会話を意識したものであることは言うまでもない。今度は匿名で、手紙もなかった。二度までも言葉を重ねるのは、かえって、清少納言を追い詰めるとの配慮だろう。

最初の紙のプレゼント、機知のきいた明るい手紙、人間関係を配慮した公式文書、二度目の高級畳表、そして匿名……どこまでもやさしく包み込んで、清少納言の傷心を癒そうとする中宮は、まさに「自分を思ってくれる実意のある人」だった。

このとき、中宮はまだ二十歳。なんという懐の深さだろうか。

平社員が、ライバル会社に内通の疑惑をかけられて、数カ月の休暇をとったとして、どこの社長が、こんなにも至れり尽くせりの思いやりを見せるだろう。待っているのは、クビか減俸か、くどいお説教だ。中宮と清少納言の身分差は、社長と平社員どころの隔たりではない。孤独のなかにいた清少納言は、このとき、中宮を神とも仰ぐ気持ちだったに違いない。

　かけまくもかしこき神の験には鶴の齢となりぬべきかな
（畏れ多い神のご加護のような、すばらしい紙のお蔭で、私は一千年でも生きられそうです）

「神」に「紙」を掛けた技巧を凝らし、彼女は、この和歌を中宮への返礼とした。
清少納言が、本当に道長方と内通していたかは、だれにもわからない。ただ、斉信が男女関係を迫った（216頁）ことを考えると、その種の誘惑はあっただろう。政変のなかで、生きるために寝返ることは、中流階級にはままあることだ。あるいは、清少納言も心が揺れたかもしれない。

　その迷いのなかで、四カ月もの里居に入った彼女に対し、腫れ物にでも触るかのような繊細な配慮を見せた中宮定子。このとき、ご自身こそが、凋落の悲劇のなか、もっとも悩み深きときを過ごしていたはずである。度重なる贈り物は、思いやり以上に、定子のほうでも清少納言の「実意」に縋る思いを抱いていたのかもしれない。その定子を、心底裏切るようなまねが彼女にできたか、そうはしなかったと私は信じたい。

不安と苛立ちから逃れるように、里居のなかで書き始めた『枕草子』は、中宮からいただいた紙に書いたと言われている。時は、すでに道長の登場を華々しく告げているが、彼女は、中宮の栄華を讃え、その凋落のさまは記さなかった。内容にも文体にも明るさが溢れ、歴史の落とした翳りも、文字の上に流したであろう涙の跡も見られない。

『枕草子』は、人の手から手へ、宮中に流布し始めた。

道長の娘彰子が一条天皇に嫁ぎ、ひとりの天皇にふたりの后が立つという、定子にとっては屈辱このうえない前代未聞の処置がなされたときも、また、定子の兄弟伊周と隆家が配流の憂き目に遭ったときも、清少納言はこの姿勢を崩すことなく、『枕草子』を書き続ける。

それは、あたかも、時の権力者である道長の目の前に、消したくても消し去れない中宮定子とその一族の栄華の幻像を映し出そうとしたかのようである。

長保二（一〇〇〇）年十二月、中宮崩御、享年二十四。二君に仕えることなく、八年間の清少納言の女房生活もこのとき終わった。流布本のひとつは、もと夫橘則光の手で大切に守られ、息子則長に受け継がれて、今日まで残ったと言われている。

彼もまた「実意」の人だった。

一千年経ったいまでも輝きを失わない不朽の名作『枕草子』——「この紙のお蔭で一千年でも生きられる」と言った清少納言の言葉は、まさにそのとおりになったのである。

◉本書に引用した『枕草子』の章段について

『枕草子』は書写によって流布したため、数多くの写本が存在し、いずれも誤写・欠落・改作などによる不審不明の点が多い。よって本書は、三巻本と能因本を併せて使用した。本書の目的が『枕草子』の通釈や解説になく、古典に知恵を得て「現代社会」を見つめることを主旨としているため、写本を限定せず、両本から柔軟に題材を得たい意図もあった。

両本に表現のずれがある場合は、逐語訳にこだわらず、わかりやすさを優先して意訳した。また、現代では不適切な表現と思われる語句は、意図を損なわない程度に差し替えた。

本書は、「〜もの」で始まる表題の章段を中心に、そのテーマに沿って、適宜、他の章段も取り混ぜて構成している。本書本文の流れを優先し、引用の順は必ずしも原文どおりではない。

以下、引用した章段を、本書に出てきた順に一覧にする。

にくきもの　二五(25)
ありがたきもの　七二(77)
あぢきなきもの　△七五(81)
なまめかしきもの　八五(93)、一一五(123)、七九(87)
ねたきもの　△九一(100)、章段ナシ(221)、二七(30)
人ばへするもの　一四七(156)
うつくしきもの　△一四六(155)
＊わろきもの　一八八(262)　＊両本とも表題が長く、「わろきもの」で改段する他説を採用
したり顔なるもの　一八〇(183)、二二(22)、一四四(153)、一七二(176)
かたはらいたきもの　九二(101)、二五(25)
言ひにくきもの　一〇六(309)、一五二(161)、二六(29)
めでたきもの　八四(92)
つれづれなぐさむもの　一三五(143)、一二八(136)
とりどころなきもの　一三六(144)、二一二(212)、二五二(章段ナシ)

＊うらやましきもの　一五三(162)、一七九(182)、一八四(278)　＊三巻本は「うらやましげなるもの」
心もとなきもの　一五五(164)、九五(104)
昔おぼえて不用なるもの　一五八(167)、二(3)、二五〇記述ナシ(252)
すさまじきもの　二二(22)
＊いとほしげなきもの　**章段ナシ**(82)　＊「いとほしげなきこと」とする説もある
心ゆくもの　二八(31)
＊心づきなきもの　△一一**七**(306)　＊三巻本は「いみじう心づきなきもの」
人にあなづらるるもの　二**四**(24)、一〇四(113)、一五六(166)、八〇(88)
にげなきもの　**四二**(52)、二一(21)
はづかしきもの　一二〇(128)、二七七(271)、二五三(章段ナシ)
たとしへなきもの　六八(72)、六〇(28)、一〇五(320)、一八九(307)
うれしきもの　二六一(254)、七八(86)
＊胸つぶるるもの　**一四五**(154)、三〇二(296)　＊本文中に三〇一(298)引用
うちとくまじきもの　二九〇(286)、一五六(166)、一三〇(138)
＊近くて遠きもの　一六一(170)、一三八(146)　＊三巻本は「近うて遠きもの」
たのもしきもの　二五〇(255**記述ナシ**)、一三八(146)、二六二(255)

・三巻本は漢数字、能因本は(算用数字)で表している。なお、一方に、該当の章段がない場合は「章段ナシ」、章段はあるが該当の記述がない場合は「記述ナシ」、一部の欠けがある場合は△印をしている。
・表題に使った章段は太字、それ以外は細字で示している。両本の表題の差異は＊を参照されたい。

◉参考文献

『日本古典文学全集　枕草子』松尾聰・永井和子校注・訳（小学館）／『新　古典文学大系　枕草子』渡辺実校注（岩波書店）／『新版　枕草子　上下巻』石田穣二訳注（角川文庫）／『日本の作家　清少納言』藤本宗利著（新典社）／『清少納言をめぐる人々』村井順著（笠間書院）

*本書は、二〇一二年六月に刊行された河出文庫
『ヘタな人生論より枕草子』の新装版です。

ヘタな人生論より枕草子

二〇一二年 六 月二〇日 初版発行
二〇二四年 七 月一〇日 新装版初版印刷
二〇二四年 七 月二〇日 新装版初版発行

著 者 荻野文子（おぎのあやこ）
企画・編集 株式会社夢の設計社
発行者 小野寺優
発行所 株式会社河出書房新社
〒一六二-八五四四
東京都新宿区東五軒町二-一三
電話〇三-三四〇四-八六一一（編集）
〇三-三四〇四-一二〇一（営業）
https://www.kawade.co.jp/

ロゴ・表紙デザイン 粟津潔
本文フォーマット 佐々木暁
印刷・製本 中央精版印刷株式会社

Printed in Japan ISBN978-4-309-42120-9

ヘタな人生論より中国の故事寓話

鈴木亨　40947-4

古代中国の春秋戦国時代に登場した孔子、孟子、老子といった諸子百家たちは、自らの思想をやさしく説くために多くの故事を用いた。それらの短い物語から、迷い悩み多き現代を生きぬくヒントを学ぶ一冊！

桃尻語訳　枕草子　上

橋本治　40531-5

むずかしいといわれている古典を、古くさい衣を脱がせて、現代の若者言葉で表現した驚異の名訳ベストセラー。全部わかるこの感動！　詳細目次と全巻の用語索引をつけて、学校のサブテキストにも最適。

桃尻語訳　枕草子　中

橋本治　40532-2

驚異の名訳ベストセラー、その中巻は――第八十三段「カッコいいもの。本場の錦。飾り太刀。」から第百八十六段「宮仕え女（キャリアウーマン）のとこに来たりなんかする男が、そこでさ……」まで。

桃尻語訳　枕草子　下

橋本治　40533-9

驚異の名訳ベストセラー、その下巻は――第百八十七段「風は――」から第二九八段「『本当なの？　もうすぐ都から下るの？』って言った男に対して」まで。「本編あとがき」「別ヴァージョン」併録。

知れば恐ろしい 日本人の風習

千葉公慈　41453-9

日本人は何を恐れ、その恐怖といかに付き合ってきたのか?!　しきたりや年中行事、わらべ唄や昔話……風習に秘められたミステリーを解き明かしながら、日本人のメンタリティーを読み解く書。

知っておきたい日本の神様

武光誠　41775-2

全国で約12万社ある神社とその神様。「天照大神や大国主命が各地でまつられるわけは？」などの素朴な疑問から、それぞれの成り立ち、系譜、ご利益、そして「神道とは何か」がよくわかる書。